AF297756

LE FILS DESADVOÜÉ,

OV LE IVGEMENT DE THEODORIC ROY D'ITALIE.

TRAGICOMEDIE

DE Mr GVERIN.

A PARIS,

Chez ANTOINE DE SOMMAVILLE,
au Palais, en la gallerie des Merciers,
à l'Escu de France.

M. DC. XLII.

AVEC PRIVILEGE DV ROY.

LE FILS
DESADVOVE,
TRAGI-COMEDIE.

ACTE PREMIER.

SCENE PREMIERE.
IVLIE seule.

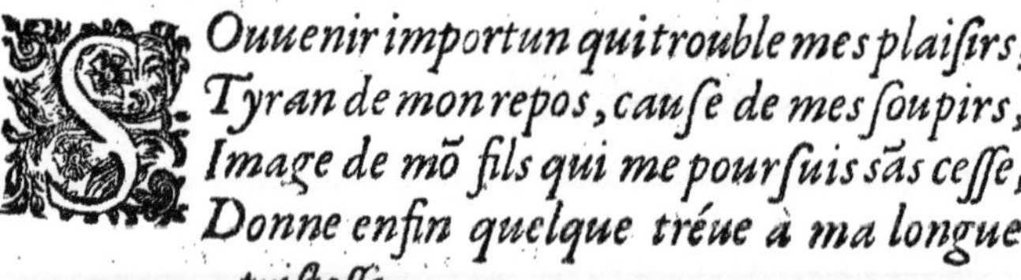

Ovvenir importun qui trouble mes plaisirs,
Tyran de mon repos, cause de mes soupirs,
Image de mõ fils qui me poursuis sãs cesse,
Donne enfin quelque tréue à ma longue
    tristesse.
Cher & funeste object de ma plus tendre amour,
Gage qui ne fus mien que l'espace d'vn iour,

A

ACTEVRS.

THEODORIC, Roy d'Italie.

SINDERIC, Fils Defaduoüé de Iulie.

MAXIME, Cheualier Romain Amant de Iulie.

IVLIE, Mere de Sinderic, veufue de Lepide.

HORACE, Amy de Maxime.

EMILE, Amy de Sinderic.

LIVIE,

CORNELIE, } Suiuantes de Iulie.

BOECE, Senateur Romain & Ministre d'Estat de Theodoric.

Suite de Theodoric

La Scene est dans Rome.

LE FILS
DESADVOÜE,
TRAGI-COMEDIE.

ACTE PREMIER.

SCENE PREMIERE.
IVLIE seule.

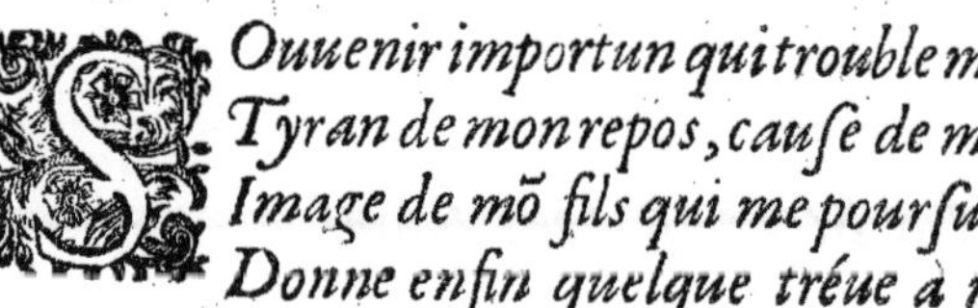

Ouuenir importun qui trouble mes plaisirs,
Tyran de mon repos, cause de mes soupirs,
Image de mõ fils qui me poursuis sãs cesse,
Donne enfin quelque tréue à ma longue
    tristesse.
Cher & funeste object de ma plus tendre amour,
Gage qui ne fus mien que l'espace d'vn iour,

A

Preſent de la nature, & fruict de l'Hymenée,
Felicité rauie auſſi toſt que donnée,
Innocent mal-heureux de qui ie plains le ſort,
Sans ſçauoir ſi ie pleure ou ta vie ou ta mort.

Ceſſe ceſſe, mon fils, de troubler ma penſée,
Du mortel deſplaiſir de ma perte paſſée :
Ah ! ſi depuis vingt ans ie ſouſpire pour toy,
N'ay-ie pas ſatisfaict à ce que ie te doy,
Et nos mauuais deſtins me portent ils enuie,
Quand ie penſe vn moment aux douceurs de la vie ?

Ma douleur c'eſt aſſez triomphé de mon cœur,
Amour veut à ſon tour en eſtre le vainqueur,
Et ce Dieu des plaiſirs me preſentant ſes charmes,
Vient défendre à mes yeux de répendre des larmes.

Cédons, cédons mon cœur, & changeons en ce iour
Nos ſouſpirs de triſteſſe en des ſoupirs d'amour ;
Auſſi bien deſormais ce ſeroit faire vn crime,
Que de ne pas reſpondre aux deſirs de Maxime.

Maxime en qui le Ciel verſant tous ſes treſors,
A ioints les biens de l'ame & les graces du corps,
Maxime qui pour moy faict gloire du ſeruage,
Depuis vn luſtre entier que dure mon veufuage,
Ah ! genereux amant trop digne d'eſtre aymé,
Ic ſens que de tes feux mon cœur eſt enflammé,
Et qu'enfin les froideurs qui t'ont faict reſiſtance,
Vont ceder à l'ardeur de ta perſeuerance.

Mais miſerable helas ! eſt ce donc ton deſſein,
De mettre derechef vn vautour dans ton ſein,

Et suiuant de nouueau les loix de l'Hymenée,
Voudrois tu pour iamais te rendre infortunée?
  Ne te souuient-il plus de ce soubçon ialoux,
Qui iadis alluma la fureur d'vn espoux
Et t'arrachant vn fils par vn arrest seuere
Te rendit orfeline en mesme temps que mere?
Ou si ton esprit garde encor ce souuenir,
Peus-tu voir le passé sans craindre l'aduenir?
  Helas! ce triste object reuenant dans mon ame,
Destruict tous les desseins qu'auoit formé ma flame,
Et bien loin de penser à terminer mon deuil,
Ie regarde l'Hymen de mesme qu'vn escueil.
  Qu'ay-ie dit, ame ingrate, amante sans courage,
Est-ce là le deuoir où l'amour nous engage?
Et quelle est cette loy qui m'ordonne aujourd'huy
De punir mon amant de la faute d'autruy?
  Ah! déplorable estat, où mon ame se trouue
Ie n'ose consentir aux desseins que i'approuue,
Contre mes propres vœux, mes vœux sont reuoltez,
Et ie ne resous rien dans ces perplexitez.

SCENE II.

LIVIE.

MAdame le Roy vient par la porte pro-
chaine,
Du balcõ de la ſale, on le peut voir ſãs peine,
Le ſpectacle en eſt beau, tout le monde le ſuit.

LIVIE.

Allons voir.

LIVIE.

Il eſt pres, i'entens deſia du bruict.

SCENE III.

THEODORIC & ſa ſuite, EMILE.

THEODORIC.

ENfin la tyrannie a perdu ſon azile,
Rauenne a ſuccombé, cet Empire eſt tranquile,
Et le plus obſtiné de tous nos ennemis,
Le fleau de l'Italie, Odoacre eſt ſoumis.

C'estoit pour vous Romains que ie faisois la
   guerre,
Ce fut pour vous encor que ie quittay ma terre,
Mais quelques grands que soient tous mes trauaux
   passez,
Vostre accueil auiourd'huy les a recompensez.
O vertu que tes fruicts ont de douceurs extrémes,
Quand ils ne sont produicts que pour l'amour d'eux
   mesmes!
Qu'il est beau de regner lors qu'on a combatu!
Et qu'vn throsne a d'appas que donne la vertu!

SCENE IV.

EMILE, THEODORIC, BOECE.

EMILE.

Voicy Boece,

THEODORIC.

Ah Dieu! ie voy donc ce grand homme,
Qui soustient auiourd'huy la puissance de Rome,
Boece leuez vous,

BOECE.

Grand Prince souffrez moy,

THEODORIC.

Ah! c'est trop, leuez vous.

BOECE.

I'obeys à mon Roy.
Sous vos lauriers, Seigneur, à l'abry du tonnerre,
Rome croit que le Ciel ne hait plus tant la terre,
Et qu'il a faict dessein de se montrer plus doux,
Depuis qu'il luy destine vn Prince tel que vous.
Le peuple vous l'a dit par ses larmes de ioye;
C'est pour vous l'expliquer que le senat m'enuoye,
Heureux si mes discours dans vn si beau dessein,
Respondoient à l'ardeur que ie sens dans mon sein.
Romains, qui dans vos cœurs benissez, ce grand
Prince,
Qui vient porter la paix dedans vostre Prouince,
Tournez vos yeux sur moy, venez de tous costez,
Tachez de m'inspirer ce que vous ressentez.
Autrefois dites-vous la puissance Gottique,
Aterra la grandeur de vostre Republique,
Rasa le Capitole, & tous ses bastimens,
Où Rome conseruoit ses plus beaux monumens.
Auiourd'huy ce grand Roy par la mesme puis-
sance,
Restablit cet Empire en sa magnificence,
Et par vn pur motif de generosité,
Va rendre à vos palais leur premiere beauté,

Mais côment peut-on voir dedãs l'ordre des choses
Deux differens effects de deux semblables causes ?
Ceux qui nous hayssoient sont nos meilleurs amys,
Ceux qui nous ont perdus nous ont außi remis.
   C'est, Romains, que le Roy des autheurs de nos
    plaintes
Ne seruoit autre Dieu que des Idolles feintes,
Où les Demons parlant auec authorité
Commandoient le desordre & l'inhumanité :
   Mais ce grand Roy, qui vient reparer nos ruines,
Adore le vray Dieu qui deffend les rapines,
Cette source de bien, ce Dieu dont les decrets
Ne respirent qu'amour, que douceur, & que paix.
C'est de cette bonté qu'il se faict des exemples,
Qu'il apprend à pleurer nos maisons, & nos temples,
Qu'il aprend à regner seulement dans les cœurs,
Et de ne les forcer qu'auecques des faueurs.
   Qu'il vienne donc chez nous receuoir la couronne,
Que moins que nos souhaits la victoire luy donne :
Il est iuste, Romains, que le plus grand des Roys,
Au plus grãd des estats donne auiourd'huy des loix.
   O Prince desirable à qui Dieu sert de guide !
O Senat bien-heureux où ce Prince preside !
Soient tous vos iugemens si remplis d'equité
Qu'on les donne en exemple à la posterité !

THEODORIC.

Boece, dans ce vœu ie vous trouue admirable,
La iustice est chez nous d'vn prix inestimable,

Et de tous les surnoms dont on peut me flater,
Celuy de Iuste seul me pourroit contenter.
    Qu'vn Prince est fortuné qui sans remors de vice
Par ce nom se croit faire à soy-mesme iustice,
Et qu'vn peuple est heureux de viure soubs des Rois
Qui tirent leur splendeur du lustre de leurs loix!
    Mais comme rarement on porte à nostre veuë
L'obiect ou le recit d'vne verité nuë,
Comme on nous la déguise auec des ornemens,
Pour en tirer tousiours nos diuertissemens,
Il est bien mal-aisé que soubs cet artifice
Les yeux d'vn Prince seul découurent la iustice,
Et c'est en ce subject qu'vn sage potentat,
Doit consulter l'esprit d'vn ministre d'estat,
Dont la felicité, la science & l'adresse,
Esgalent s'il se peut les vertus de Boece.

BOECE.

C'est exemple Seigneur.

THEODORIC.

        Est sans comparaison.
Et mon choix en doit estre vne bonne raison:
Ouy! ie vous ay choisi pour le bien de la terre,
Pour dispenser au monde, & la paix & la guerre,
Pour vous charger des soins que ie ne puis porter,
Pour regner auec nous & pour nous assister.
                Ie sçay

Ie ſçay que cet honneur illuſtrant voſtre vie,
Attirera ſur vous, & la hayne & l'enuie,
Qu'on vous accuſera des mal-heurs des Romains,
Comme ſi les deſteins eſtoient entre vos mains,
C'eſt du peuple ignorant la commune Maxime,
Il croit que la faueur ne peut-eſtre ſans crime,
Et qu'vn iuſte deſſein doit neceſſairement
Produire dans ſa ſuitte vn bon euenement.

Mais ie ſçay bien auſſi que vous auez vne ame,
Qui ne s'eſtonne point pour vn iniuſte blaſme,
Et qui peut demeurer dans la tranquilité,
Aux cris tumultueux d'vn peuple reuolté :
Que l'amour de la gloire eſt le ſeul qui vous flatte,
Que vous pouuez ſeruir vne patrie ingrate,
Et qu'enfin vous ſçauez qu'à de nobles eſprits,
La vertu de ſoy-meſme eſt le plus digne pris.
Ainſi ie croy qu'vn iour vos Conſeils, & mes armes
Aux plus grands potentats donneront des alarmes,
Remettront cét Empire en ſon premier eſclat,
Porteront loin du Rhin les bornes de l'Eſtat.

Et feront confeſſer aux Maiſtres de la terre,
Qu'il n'apartient qu'à nous de bien faire la guerre;
Que rien ne nous reſiſte ou nous ſommes tous deux,
Et que ſoubs noſtre regne vn peuple eſt biẽ-heureux.

BOECE.

Que ie le ſuis Seigneur de conſacrer ma vie
Aux importants emplois où mon Roy me conuie.

THEODORIC.

Cependant ce beau iour nous inuite à fortir,
Montons au Capitole, allons nous diuertir,
Voyons les raretez qu'on admire dans Rome;
*   Mais que faict Scinderic? c'eft encore vn grand*
*   homme,*
Que la feule vertu fans la faueur du fang,
Efleue dans ma cour en vn illuftre rang.

EMILE.

Seigneur il vous fuiuoit, mais vn de fes Gens-
*   d'armes,*
Bleffé mortellement aux dernieres alarmes,
La fait vers l'Auentin reculer deux cents pas,
Voulant l'entretenir au point de fon trepas.

THEODORIC.

Allez voir ce que c'eft! Que ie plains ces Por-
*   tiques,*
Dont les reftes brifez font encor magnifiques!
Que ces ars triomphaux qui s'offrent à mes yeux,
Me font auec raifon condamner mes ayeux,
Dont l'aueugle courroux a deftruict la Structure,
D'vn ouurage en qui l'art eftonnoit la nature!
Rome que ie te plains! & que i'auray d'honneur
Si ie puis quelque iour reftablir ton bon-heur!

SCENE V.
SINDERIC, EMILE.
SINDERIC.

IE sçay que tous les iours ce Prince magnanime,
Par de semblables soins me monstre son estime,
Qu'il donne à mes trauaux l'honneur de nos cõbats,
Et ne croit triompher qu'en faueur de mon bras,
Mais à quelque degré que se porte ma gloire,
Et quelques doux que soient les fruicts de la vi-
ctoire,
Ie n'ay peu m'estimer ny grand ny fortuné,
Que depuis vn aduis que Tulle m'adonné,
Icy tu conceuras des desseins magnifiques,
Dignes de mon courage, & des armes Gottiques,
Pour le bien de l'estat, pour la gloire du Roy;
Mais pourtant cés aduis ne regarde que moy.

EMILE.

Quoy se peut il trouuer encor quelque auantage?
Au de-là des faueurs dont le Roy vous partage,
Pour moy considerant l'estat où ie vous voy,
Vostre appuy, vos tresors, vos charges, vos employ,

Quoy que vous en disiez, i'ay de la peine à croire,
Que le Ciel vous reserue vne plus haute gloire.

SINDERIC.

Emile, il est certain que l'amitié du Roy
Sembloit auoir versé tous ses biens-faicts sur moy,
Auant que ce grand Prince eust attaqué Rauenne,
I'estois simple soldat, il me fit Capitaine ;
Et cette qualitté m'aquist tant de renom,
Que ie fus estimé de l'Empereur Zenon.
  Depuis entreprenant ce siege memorable,
Il n'a iamais cessé de m'estre fauorable,
Et ie confesse icy que son affection,
Est allée au de-là de mon ambition,
Lors que pour honnorer ma derniere victoire,
Il m'a donné le rang de prefect du Pretoire.
  Ainsi ne pense pas que ie ne sçache bien,
Et quelle est ma grandeur, & dequoy ie la tien ;
Sans cesse mon esprit cét obiect se propose,
I'en ressens les effects, i'en respecte la cause.
  Mais il est vray pourtant, cher & parfaict amy,
Que ie ne goutois pas ma fortune à demy,
Quand parmy tant de pompe, & de magnificence,
Ie pensois que l'enuie attaquoit ma naissance ;
Et que nos courtisans murmuroient sourdement,
De voir vn incogneu traicté si noblement.
  Enfin cét heureux iour me fournit la matiere,
Et d'vn plaisir parfaict, & d'vne gloire entiere,

Si le discours de Tulle est vne verité,
Rien ne peut s'opposer à ma felicité;
Ce n'est plus la faueur qui me faict Gentil-homme,
Ie suis d'vne maison qu'on respecte dans Rome,
Ie suis d'vn sang illustre, & parmy mes aieulx,
L'histoire des Romains a mis des demy-Dieux.

Tu ne dis mot, Emile, apres cette nouuelle,
Qui me doit couronner d'vne gloire immortelle?
Et tu peux endurer qu'il te soit reproché
De paroistre insensible où ie suis si touché?

EMILE.

Croyez-vous que la ioye ayt moins de violence
Lors qu'elle nous contraint de garder le silence?
Comme trop de lumiere empesche de bien voir,
Trop de plaisir abat, & ne peut esmouuoir,
I'en ressens les effects, cher amy que i'honore,
I'ay vos ressentimens, & i'ay les miens encore,
Et mon cœur accablé succombe à cét assaut,
Par l'excez de la ioye, & non par le défaut.

Ce n'est pas, Sinderic, qu'estant noble de race,
Vous teniez dans mon ame vne plus haute place;
Depuis que ie cognoy vos rares qualitez.
Vous possedez chez moy ce que vous meritez,
Mes sens à vostre abord vous dresserent vn temple,
Et ma raison depuis a suiuy leur exemple.

Ie ne regarde point ny naissance ny rang,
I'adore la vertu sans m'imformer du sang:

Nobles ou de bas-lieu, n'importe qui nous sommes,
C'est la seule vertu qui faict les gentil-hommes.

SINDERIC.

C'est là mon sentiment de mesme que le tien,
A parler proprement la naissance n'est rien;
Vne suite d'ayeulx renommez, dans l'histoire,
Et tout ce qu'ils ont faict ne faict pas nostre gloire.
Confesse toutesfois que le lustre du sang
Parmy les gens d'honneur n'a pas perdu son rang,
Et qu'enfin la vertu de noblesse parée,
Est plus considerable & plus considerée.
Ce pasle & vieux demon, cette peste des cours,
Ce serpent affamé qui se ronge tousiours,
L'enuie, en rencontrant ce meslange honnorable
Tempere son venin, & deuient plus traitable:
Ouy le merite ioint auec l'extraction,
Triomphe tous les iours de cette passion;
Et l'on voit rarement des vertus enuiées
Quand auec la naissance elles sont aliées:
C'est la reflexion que ie fais à present,
Ie considere icy l'honneste & le plaisant,
Et ne parle en faueur des naissances augustes,
Que pour te faire voir que mes transports sont iustes.
Ie te le dis encor, ie croy mon-heur parfaict,
Si mon sang est illustre au point qu'on me l'a faict,
Et si le ciel reserue vn tel bien à ma vie,
Il porte ma fortune au dessus de l'enuie.

EMILE.

Mais ne sçauray-ie point voftre hiftoire?

SINDERIC.

Suy moy.
Ie m'en vay de ce pas la raconter au Roy,
Et luy faire sçauoir que l'efclat de ma race,
Ne dément point le rang où m'efleue fa grace.

Fin du premier Acte.

ACTE II.

SCENE PREMIERE.

THEODORIC, ſa ſuite, SINDERIC,

EMILE,

THEODORIC.

*Voy! vous eſtes **Romain** & du ſang des*
Monarques?

SINDERIC.

Oüy Seigneur!

THEODORIC.

Vos vertus en ſont de bonnes marques,
Quand voſtre bouche a teu d'où vous eſtes ſorty,
Vos belles actions nous en ont aduerty,
Tant d'exploits ſignalez, la priſe de Rauene,
Les rebelles ſoubs-mis, Odoaire à la chaine,
Et ce que tous les iours voſtre bras entreprend
M'ont bien perſuadé que vous eſtiez né grand:

Mais

Mais pourquoy si long-temps cacher voſtre naiſ-
ſance ?

SINDERIC.

Seigneur ie n'en auois aucune connoiſſance,
Ce fut ſeulement hier qu'vn de vos vieux ſoldats,
Mortellement bleſſé dans nos derniers combats,
Me dit que ma maiſon eſtoit dans l'Italie,
Que i'auois pour parens, & l'Epide, & Iulie ,
Que ma mere eſtoit veufue, & qu'il mouroit contant
M'ayant peu deſcouurir ce ſecret important.

THEODORIC.

Mais vous ayant nommé ceux qui vous ont faict
naiſtre ,
Qu'eſt-ce qu'il adiouſta pour vous faire cognoiſtre?

SINDERIC.

Il ne me dit plus rien, la mort trancha ſes iours
Sur le point qu'il vouloit pour ſuiure ſon diſcours.

THEODORIC.

Ce deffaut pourroit nuire à quelque ame cõmune,
Sans vertu, ſans amis, ſans valeur, ſans fortune,
Qui voudroit s'enrichir des biens de ſa maiſon,
Mais touſiours Sinderic aura trop de raiſon,
Il n'eſt point de famille en toute l'Italie,
Qui ne doiue enuier le bon-heur de Iulie,

Si parmy ſes ayeulx pluſieurs Roys ſont contez,
Ils eurent la couronne, & vous la meritez;
Portant ſi l'intereſt ou de raiſons ſecretes,
L'obligent à choquer le deſſein que vous faictes,
Ie luy feray ſçauoir qu'elle s'en prend à moy.

SINCERIC.

C'eſt trop pour vn ſubiect.

THEODORIC.

          C'eſt trop péu pour vn Roy.
Mais ie croy que Iulie a trop bonne conduitte,
Pour ne pas approuuer voſtre iuſte pourſuite,
Le merite & le ſang ont beaucoup de pouuoir,
Donc ſans perdre du temps allez-vous en la voir,
Employez vos efforts pour vous faire cognoiſtre
Vous deuez ce reſpect à qui vous a fait naiſtre,
Quelque rãg qu'auiourd'huy vous teniez dãs l'eſtat:
I'en ſçauray le ſuccez au ſortir du Senat.

SCENE II

SINDERIC, EMILE,

SINDERIC.

Mais, Emile, est-il vray qu'on croit dans l'I-
talie,
Que l'Epide n'eust point des enfans de Iulie?

EMILE.

Il est bien assuré, n'en doutez, nullement.

SINDERIC.

Estouffe tes desseins dans leur commencement,
Mal-heureux Sinderic, il vaut mieux pour ta gloire;
Mais quoy puis-ie souffrir qu'ŏ trouue dăs l'histoire,
Que Sinderic vescut sans parens, & sans nom?
Ah! c'est trop negliger l'honneur de ma maison!
Poursuiuons iusqu'au bout nostre recognoissance.
Ie croy que nous auons le droit & la puissance,
Que c'est en ce suiect ce qu'on peut desirer,
Et que de leur secours ie doy tout esperer.
Mais si contre mes vœux on vient à recognoistre
Qu'on m'a mal informé des auteurs de mon estre,

Ie perdray mon honneur en voulant le chercher,
Et ie decouuriray ce que ie veux cacher.
Dures extremitez où mon ame est reduite,
Ie ne puis approuuer ny blasmer ma poursuite,
Ie me laisse emporter à deux diuers desseins,
Et le choix que ie fais, est celuy que ie crains:
Ie la veux voir pourtant cette illustre Romaine,
Mais pour n'attirer pas, & ma honte, & sa hayne,
Quand ie l'entretiendray de mes aduersitez,
Ce sera seulement soubs des noms empruntez.

SCENE III.

MAXIME, IVLIE.

MAXIME.

MAdame, est-il donc vray que le destin m'en-
uoye,
Apres tant de tourmens vne si grande ioye ?
Est-il vray que Iulie ayt eu pitié de moy?
Et quelle veuille enfin recompenser ma foy ?
Vous m'aymez! Ah bon-heur à qui tout autre cede!
Est-il vray qu'auiourd'huy Maxime vous possede?

IVLIE.

Eſt-il vray qu'il en doute? & qu'il ne cognoiſt pas
Que ſon manque de foy me donne le trepas?
Quoy n'eſt-ce pas aſſez, vous découurir mon ame,
Que de pouſſer pour vous tant de ſouſpirs de flame?
Vous diray-ie que i'aymé!

MAXIME.

Ah! dittes le cent fois!
Ah! parole charmante! Ah fauorable voix!
Qui rempliſſez mon cœur de ioye & de merueille,
Ne vous laſſez iamais de frapper mon oreille!
Vous m'aymez!

IVLIE.

Ie vous ayme!

MAXIME.

Ah! quel comble d'honneur!

IVLIE.

D'où naiſſent mes plaiſirs!

MAXIME.

D'où naiſt tout mon bon-heur.
Regnez, Theodoric, & ſur nous, & ſur Rome
Poſſedez tout l'honneur que peut auoir vn homme

Faictes vous adorer sur les plus saincts Autels
Que la religion consacre aux immortels,
Ie ne changeroy point vostre pouuoir supreme,
Auec ces quatre mots, Maxime ie vous ayme?

IVLIE.

Quelqu'vn entre !

✣✣✣✣✣✣✣✣✣✣✣✣✣✣✣✣✣✣✣✣✣✣✣✣✣✣

SCENE IV.

HORACE, MAXIME, IVLIE,

LIVIE.

HORACE.

LE *Roy desire de vous voir.*

MAXIME.

Faut-il donc vous quitter ! tyrannique deuoir,
Oses-tu de l'amour attaquer la puissance ?
Mais il faut se resoudre à ce moment d'absence,
Enfin le Roy le veut, Adieu.

IVLIE.

                              Dans cet instant
Ie sens que de son bien mon cœur n'est pas content,

Ses souhaits luy font peur, ce qui luy plaist le trouble,
Ie le veux asseurer, mais sa crainte redouble,
I'ayme pourtant Maxime autant que ie le puis:
Helas! ce n'est pas luy qui cause mes ennuis.

LIVIE.

Quoy Madame estre triste au point que l'Hymenée
Doit selon vos souhaits vous rendre fortunée!
Quoy ne sçauez-vous pas que peut estre auiourd'huy
Il vous donne Maximes en vous donnant à luy?
D'où peut donc proceder cette morne tristesse?

IVLIE.

D'vn peu de preuoyance, & d'vn peu de foiblesse,
Voyant que mon bon-heur est sans difficulté
I'ay presque du regret de l'auoir souhaité.

LIVIE.

Ce discours me surprend.

IVLIE.

      Croy moy, chere Liuie,
Ie crains auec raison vn changement de vie.

LIVIE.

Pourquoy le craignez vous?

IVLIE.

Quand tu sçauras pourquoy
Tu seras obligée à le craindre auec moy;
Iamais vn tel discours n'est sorty de ma bouche,
Mais la part que tu prens à tout ce qui me touche,
M'oblige à découurir ce que i'ay tant caché,
C'est ma chere Liuie vn innocent peché.
Tu sçais bien que l'Epide estoit insupportable,
Et comme aupres de luy ie viuois miserable,
Comme il estoit ialoux iusques au dernier point,
Or aprens auiourd'huy ce que tu ne sçais point.
Deux ans & dauantage, il me tint hors de Rome,
En des lieux d'où iamais n'approchoit aucun hōme,
Là ie conçeus vn fils, fils trop infortuné,
Qu'vn pere desauoüe auant que d'estre né;
Oüy, Liuie, à l'instant qu'il en sçeut la nouuelle
Cét iniuste mary me traicte d'infidelle,
Et me faict enfermer dans vne forte tour
Où ie ne vois que l'air, & les bois d'alentour:
Personne ne me voit de toute la famille,
Il me faict seulement seruir par vne fille,
Que l'espoir où la crainte engagent fortement,
A cacher ma grossesse, & mon accouchement.
Ie me deliure enfin de ce fils miserable
Qu'vn iniuste soubçon auoit rendu coupable,
Qui ne me fut donné que pour n'estre rauy,
Ie le perdis helas! d'abord que ie le vy.

LIVIE.

LIVIE.

Rome n'a iamais sçeu cette estrange aduanture,
Mais enfin que fit-on?

IVLIE

        Le sang & la nature,
Combatirent long-temps les sentimens ialoux,
Et la brutalité de mon cruel espoux,
Il vouloit que mon fils mourut en sa naissance,
Mes soupirs & mes pleurs luy firent resistance,
Il combat, ie l'emporte à la faueur des Dieux,
Mais d'abord par son ordre on l'osta de mes yeux.

LIVIE.

Ne l'auez-vous point veu depuis?

IVLIE.

        Ah! non, Liuie,
Ny mesme en cét endroit tesmoigné mon enuie,
Lepide deffendit qu'on en parlât iamais,
Et la chose se fit au gré de ses souhaits :
Ce miserable enfant ignorant sa naissance,
Par vn homme incogneu fut porté iusqu'en France.

LIVIE.

Mais apres que Lepide eut suby le trépas
Le fites-vous chercher?

D

IVLIE.

Non, car ie n'ofay pas.
Deux puiffantes raifons en deftournoient mon ame,
Le trouuant l'aduouant, ie me rendois infame,
Car mon accouchement auoit efté fecret,
Et ne le trouuant pas i'augmentois mon regret,
Par cette hiftoire eftrange autant qu'infortunée,
Iuge, fi ie doy craindre vn fecond Hymenée,
Et fi ie puis iamais attendre que du mal,
Si ie reprens vn ioug qui me fut fi fatal.

SCENE V.

CORNELIE, IVLIE, LIVIE.

CORNELIE.

MAdame, Sinderic eft là bas à la porte,
Qui demande à vous voir,

IVLIE.

Attendez que ie forte,
Ie doy bien tét honneur au fauory du Roy.

LIVIE.

Que ie plains fon mal-heur! dieux à ce que ie voy,
Ce n'eft pas fans raifon qu'elle craint fa fortune!

SCENE VI.
SINDERIC, IVLIE,
SINDERIC.

Madame chaſſez-moy ſi ie vous importune,
Ie n'ay pas faict deſſain.

IVLIE.

Monſieur, ſans compliment,
Voſtre ciuilité m'oblige infiniment.

SINDERIC.

Cependant que le Roy contemple dans la ville
Les funeſtes effects de la guerre ciuille,
Sur ces beaux monumens qui marquoient autrefois,
Et la grandeur de Rome, & l'orgueil de ſes Ruys;
Laiſſant ces raretez par le temps conſumées,
Ie vien pour admirer des beautez animées,
Pourquoy rougiſſez vous quand ie veux vous loüer?
Auez vous faict deſſain de me deſaduoüer?

IVLIE.

Puis-ie ne pas rougir, & voir que l'on me loüe?
Finiſſez ce diſcours, ou ie vous deſaduoüe.

SINDERIC.

Quand vous me menacez de me defadouër,
Vous me reprefentez ce que i'ay veu ioüer,
C'eft vn fubiect nouueau fort extraordinaire,
Et dont les incidens font capables de plaire ,
Les Acteurs chez le Roy l'ont affez bien ioüé.

IVLIE.

On le nomme Monfieur.

SINDERIC.

Le fils defadoüé.

IVLIE.

Ce nom promet beaucoup.

SINDERIC.

Vous plaift-il que i'en faffe
Vn recit abregé?

IVLIE.

Faites moy cette grace.

SINDERIC.

Ainfi ceux qui n'ont pas l'efprit affez prefent,
Pour fournir le fujeCt d'vn entretien plaifant,

Contraints par bien-sceance à dire quelque chose,
Recitent quelques vers, debitent quelque prose,
Veulent se faire croire en nommant leurs autheurs,
Et pour tuër le temps tuent leurs auditeurs :
Quelques autres plus fins, mais pourtant plus mo-
  destes,
Accommodent au temps l'histoire de leurs gestes,
Et soubs quelque beau nom d'vn heros de Romant
Découurent leur amour sans découurir l'amant.
I'imite les premiers ; mais dans cette auanture
L'amour ne paroist point, ce n'est que la nature
Qui tasche par addresse à se faire escouter,
Et qui cache son nom pour se manifester.

IVLIE.

Suffit qu'en cét endroit ie sçay ce qu'il faut croire,
Mais ie brusle desja d'aprendre cette histoire.

SINDERIC.

Vn senateur Romain par ie ne sçay quel sort,
Veut de son fils naissant precipiter la mort,
Mais les tristes regrets d'vne dolente mere
Font moderer enfin vn arrest si seuere,
Ce miserable fils est pourtant bien puny,
Il n'est pas plutost né que le voila banny.

IVLIE.

O dieux! qu'ay-ie entendu? Mais sçauray-ie le reste?

SINDERIC.

Ah! ce n'est pas encor l'endroit le plus funeste!

IVLIE.

Ie m'interesse presque en son mauuais destin;
Dans le bannissement rencontra-t'il sa fin?

SINDERIC.

Son trepas luy plairoit pourueu qu'en sa misere
Ilcognut sa maison aux larmes de sa mere;
Il ne mourut donc point, mais pour chercher la mort
Il s'exposa cent fois à la mercy du sort.
A peine a-t'il quinze ans qu'il demande des armes,
Pour cercher le trepas au milieu des allarmes,
Qu'on le voit le premier au plus fort des hazards,
Brauer insolemment les outrages de Mars:
Mais comme en ces endroits le mespris de la vie,
Empesche bien souuent qu'elle nous soit rauie,
Au lieu de son trepas il y trouue l'honner,
Et s'il se cognoissoit il a trop de bon-heur,
Le plus grand des mortels estime sa vaillance.

IVLIE.

Où fit-il ces progrés?

SINDERIC.

Au Royaume de France,

Soubs Clouis les premiers, apres soubs Alaric,
Et depuis soubs Zenon, & soubs Theodoric.

IVLIE.

Cette histoire est du temps.

SINDERIC.

       Auiourd'huy dans les fables
On mesle bien souuent des succez veritables,
Ainsi les passions s'esmouuent beaucoup mieux,

IVLIE.

Vous en voyez l'effect, voyant pleurer mes yeux,
Enfin que deuint-il?

SINDERIC.

      Il fut conduit à Rome,
Où quelque bon destin le mena chez vn homme,
Qui l'auoit secouru dans son bannissement,
Qui luy dict que son pere estoit au monument,
Que sa mere viuoit.

IVLIE.

      Ah! Dieu!

SINDERIC.

    Le teint vous change.

IVLIE.

Ce dernier accident me paroiſt bien eſtrange!

SINDERIC.

Là s'ouure le theatre, où le Roy ſe faict voir,
Ce cheualier luy dit ce qu'il vient de ſçauoir,
Le Roy le faict reſoudre à parler à ſa mere,
Voicy ce qui le choque, & qui le deſeſpere,
On luy dit que l'Epide.

IVLIE.

Ah! Dieu qu'ay-ie entendu!

SINDERIC.

N'auoit point eu d'enfant loin d'en auoir perdu,
Iugez de ſon regret apres cette nouuelle,
Il appella cent fois la fortune cruelle,
Il voulut par ſa mort s'exempter de ſa loy,
Mais il ſe conſerua pour l'amour de ſon Roy.

IVLIE.

Monſieur en cét endroit pardonnez ma foibleſſe,
Vous faictes ce diſcours auecques tant d'adreſſe,
Qu'il faut que par des pleurs i'exprime ma douleur.

SINDERIC.

Vous allez voir icy ſa gloire, ou ſon malheur,

Il se resout enfin d'aller trouuer sa mere ;
Mais que luy dira-t'il, & qu'est-ce qu'il peut faire?
Il est dans sa maison, il luy parle, il la voit,
Son sang en s'emouuant luy dit qu'il la cognoist,
Dessoubs le nom d'vn autre il dit son auanture,
Il esmeut la pitié pour toucher la nature,
Son dessein reüssit, sa mere fond en pleurs,
Il va se descouurir ainsi que ses mal-heurs,
Mais la crainte l'arreste ; enfin il s'y dispose,
L'occasion est belle, & son sang veut qu'il ose.
Ah! ma mere, dit-il, si ce nom m'est permis
Descouurez vous les yeux, & voyez vostre fils.

IVLIE.

Ah! mon fils.

SINDERIC.

Ah! ma mere.

IVLIE.

Ah! surprise agreable,
Quoy Sinderic est donc cét enfant miserable,
Que mes pleurs ont sauué d'vn iniuste trespas.

SINDERIC.

Ma mere, vostre cœur ne vous le dit-il pas?
Et se pourroit il bien, que ceux qui m'ont faict naistre
Dans l'estat où ie suis peussent me mecognoistre?

E

IVLIE.

Mes yeux vous regardans dans tout ce qui se voit,
Ne vous cognoisset point, mais mõ sãg vous cognoist.
Oüy, ie vous voy, mon fils, par ces yeux inuisibles,
Qui ne mentent iamais, & qui sont si sensibles.
Oüy, vous estes mon fils.

SINDERIC.

Ah! ce m'est trop d'honneur,
Ie vole chez le Roy, luy dire mon bon-heur,
Pardonnez ce d'espart à mon impatience.

IVLIE.

Vous, ne m'affligez pas par vne longue abscence,
Reuenez à l'instant pour resiouir mes yeux,
Par vn object si cher & si delicieux?
Ah! charmante faueur qui viens de me surprendre!
Ah! bon-heur infiny t'eussay-ie osé pretendre!
Mais d'où vient que mon cœur dans cét euénemẽt,
Sent mesler la tristesse à son contentement?
N'ay-ie pas veu mon fils, & peut-on voir vn hõme
Plus digne de sa race, & de l'honneur de Rome?
Ouy, Mais en l'aduouant ie hazarde en ce iour,
Auecques mon honneur, l'object de mon amour.
Puis-ie m'imaginer que Rome veuille croire
Ce que l'Epide a faict dans cette estrange histoire?

Ou bien qu'en le croyant on ne soubçonne auſſi,
Qu'il euſt quelque raiſon de me traicter ainſi?
Et Maxime ſçachant qu'il me creut un infame,
Peut-il apparamment me conſeruer ſa flame?
Nature, vos efforts m'ont priſe en trahiſon,
Qui peut en cét eſtat eſcouter la raiſon?
Ie voy deuant mes yeux un fils couuert de larmes,
Auant que de paraiſtre il m'arrache les armes,
Le lieu, l'occaſion, l'authorité du Roy,
La gloire de mon fils, tout s'arme contre moy.
Helas! que puis-ie faire en cette conionƈture?
I'ay deu, i'ay deu, ſans doute eſcouter la nature,
Ie ne m'accuſe point, mais ie veux à leur tour,
Eſcouter les conſeils & d'honneur, & d'amour,
Que doy-ie faire honneur? Que feray-ie Maxime?
Quoy doy-ie corriger mon erreur par un crime?
Et pour vous teſmoigner combien le vous cheris,
Doy-ie trahir mon ſang? doy-ie perdre mon fils?
Mais vous trahir honneur! mais vous perdre Ma-
*   xime.*
Le puis-ie conceuoir ſans faire un plus grand crime,
Nature taiſez-vous, le conſeil en eſt pris,
Ie veux reſolument deſaduouer mon fils.

Fin du deuxieſme Aƈte.

ACTE III.

SCENE PREMIERE.

MAXIME, HORACE.

MAXIME.

*H dieux ie suis trahy ! quoy volage Iulie,*
Est-ce ainsi qu'on me traicte ? est-ce ainsi
  qu'on m'oublie ?
Sinderic, dans voś bras !

HORACE.

Vous vous estes deçeu.

MAXIME.

Ah! ne m'en parle point, ie ne l'ay que trop veu.
Mais lasche que ie suis que faisoit mon courage
Lors que deuant mes yeux ie souffrois cét outrage ?
Pourquoy ne pas montrer l'excez de ma fureur,
Dedans le mesme instant qu'on m'arrachoit le cœur.
Helas! à cét obiect vne surprise extréme,
Plutost que d'eulx m'a faict deffier de moy-mesme,

Ouy i'ay craint de faillir, & mes yeux estonnez
Ont creu voir vn fantosme, & s'en sont destournez.
Mais c'est par cette ingratte, & non pas par ma veuë
Que dans cét accident mon ame estoit déceuë,
Ie l'ay veuë, & d'abord i'ay quitté sa maison.
Ie ne sçay pas comment ny par quelle raison,
I'en suis au désespoir, la fureur me surmonte,
Ie deuois tout oser pour effacer ma honte,
L'amour m'eust excusé, i'eusse esté satisfaict,
Mais qu'est-ce que i'ay veu: mais qu'est-ce que i'ay
    faict?
I'ay veu cette infidelle entre les bras d'vne autre,
Dispenser vn bon-heur qu'amour auoit faict nostre,
Et par vn mouuement contraire à mes desirs,
I'ay fuy, comme craignant de troubler leurs plaisirs.
Que doy-ie faire, Horace, apres cette imprudence?
Mon amour offensé m'inspire la vengance,
Il veut qu'à mon honneur i'immole Sinderic.

HORACE.

Mais dedans ce dessain craignez Theodoric,
Il l'aime tendrement.

MAXIME.

            Que dites vous Horace?
L'aduis que vous donnez, est de mauuaise grace,
Fut-il comme du Roy le fauory des Dieux,
S'il m'a fait cét affront il doit m'estre odieux,

Et quand tout l'Vniuers viendroit à sa deffence,
Il ne peut esuiter desprouuer ma vengeance.

HORACE.

Auant que d'en venir a cette extrémité,
Donnez à vos soubçons encor plus de clarté,
Iulie pourroit bien commë elle est fort adréte
Auoir sur ce subject quelque raison secrete,
Qui vous satisferoit, vous le deuez sçauoir.

MAXIME.

Mais puis-ie apres cela me resoudre à la voir!

HORACE.

Vous le deuez.

MAXIME.

Et bien mon esprit si dispose,
Mais Dieux que ma fortune est vne estrange chose!
Que difficillement ie puis me contenter
Ie tache à mesclaircir lors que ie veux doubter!

SCENE II

LIVIE, IVLIE,

IVLIE.

Maxime nous à veus, que dittes vous Liuie?
Ah! ce dernier malheur me va couster la vie?
Nous a-t'il escoutez?

LIVIE.

Il est sorty d'abord.

IVLIE.

Que par leur peu de soin mes gens m'ont faict de tort,
Consolez-mon mal-heur au moins par le silence.

LIVIE.

I'estime trop l'honneur de vostre confidence,
Pour la trahir iamais ; i'aymeroy-mieux mourir.

IVLIE.

Helas dans ce desordre ou puis-ie recourir?
Si pour me deliurer des soubçons de Maxime
Ie d'y que Sinderic est mon fils : quel abysme!

Ie descouure vn secret mortel à mon bon-heur,
Qui choquera Maxime, & me perdra d'honneur.
Si ie rejette aussi la voix de la nature,
Quel sera mon destin dedans cette aduanture?
Si chez-moy Sinderic passe pour estranger,
Helas! ne suis-ie pas en vn pareil danger?
Que dira mon amant, quand pour sauuer ma gloire
De ce fils incogneu ie luy feray l'histoire?
Pourray-ie l'appaiser auec cét entretien?
Que ne dira-t'il point si ie ne luy dy rien?
Dures extremitez, enfin que doy-ie faire
Dans ces deux qualitez, & d'amante & de mere?
Mon honneur est taché, mon renom obscurcy,
Desaduouant mon fils, & l'aduouant aussi.

LIVIE.

Maxime vient Madamē,

IVLIE.

Ah comble de misere!
Helas que doy-ie dire? helas que doy-ie taire?

LIVIE.

Cachez voftre douleur, laiſſez le reſte au fort.

SCENE

SCENE III
MAXIME, IVLIE, LIVIE.
MAXIME.

Madame ſauuez-moy.

IVLIE.

Mais quel eſt-ce tranſport?

MAXIME.

Helas! ie ſuis perdu, l'on cerche ma ruine,
Le Roy veut mon trépas, le peuple ſe mutine.

IVLIE.

Monſieur que dites vous?

MAXIME.

Madame ſauuez-moy.
I'ay tué par mal-heur le fauory du Roy.

IVLIE.

Le fauory du Roy!

MAXIME.

Sinderic!

IVLIE.

Ah! ie paſme!

MAXIME.

Non,non,il n'eſt pas mort,appaiſez vous Madame,
Mais confeſſez auſſi qu'en cét euenement,
Ie puis eſtre aſſeuré de voſtre changement.
Ie ne vous blaſme point d'vne faute commune,
Vous ſuiuez la couſtume en ſuiuant la fortune,
Sinderic eſt ſi grand qu'il peut tout excuſer,
Et ce ſont mes deffauts que ie dois accuſer.

IVLIE.

Que vous eſtes cruel dedans cette penſée
Et combien mon amour en eſt elle offencée!
Quoy vous me ſoubçonnez d'auoir manqué de foy?

MAXIME.

Quoy pourray-ie douter des choſes que ie voy?

IVLIE.

Ah! que vous iugez mal de mon deüil legitime!
Vn excez d'amitié vous paroiſt donc vn crime!

Quoy pouuoy-ie vous voir dans vn si grãd mal-heur,
Et ne pas tesmoigner quelle estoit ma douleur,
Ce meurtre vous ostoit tout espoir de refuge,
Vous auiez vn grand Roy pour partie, & pour Iuge,
Ie vous consideroir en estat de perir,
Et vous trouuez mauuais que ie veuille mourir!
Mais dittes moy comment, & par quelle apparence,
Ay-ie obligé Maxime à cette deffiance?
D'où vient que vostre esprit est si mal satisfait?
Dequoy m'accusez vous, qu'ay-ie dit! qu'ay-ie fait?
Ah! si vous pouuiez voir au profond de mon ame,
Ce que ie fay pour vous en faueur de ma flame,
Ou que ie peusse dire auecques liberté,
L'excez prodigieux de ma fidelité;
M'a deffence sans doute y paroissant aisée,
Vous vous accuseriez de m'auoir accusée.

MAXIME.

Ie le fay dés cette heure, & confesse auec vous,
Que i'ay mauuaise grace à faire le ialoux.
Ouy c'est auec raison que vostre ame s'irrite,
Me donnãt vostre amour par grace, & sans merite,
Si ce bien fut l'effect de vos seulles bontez,
I'ay tort de murmurer lors que vous me l'ostez.
Mais quoy? dedans l'instant d'vne perte si grande,
Il est bien mal aisé qu'vn esprit se commande,
Il me sembloit d'abord que cét extréme bien
M'ayant esté donné ne pouuoit qu'estre mien,

Puis en me l'arrachant on m'arrachoit la vie.

IVLIE.

Ah ! iugez mieux de vous, iugez mieux de Iulie,
Ne la foubçonnez point d'auoir manqué de foy,
Cete crainte eft indigne, & de vous, & de moy.

MAXIME.

Auant que me refoudre à vous porter ma plainte,
Mes fens en certitude ont conuerty ma crainte,
Mes foupçons.

IVLIE

Ont faict tort à voftre iugement.

MAXIME.

Mes yeux,

IVLIE.

Vous ont trompé, n'en doubtez nullement.

MAXIME.

Et quoy n'ay-ie pas veu? mais dieux le puis-ie dire!
Et voir qu'en mefme temps, ie parle, ie refpire,
Ah ! lafche que ie fuis !

IVLIE.

Que dittes vous bons dieux !

Croiray-ie mon amour ?

MAXIME.

Croiray-ie point mes yeux ?

IVLIE.

Douter d'vne amitié tant de fois recognuë !
Douter de ma vertu !

MAXIME.

Mais douter de ma veuë !

IVLIE.

Ah ! Maxime agiſſez auec plus de raiſon,
Ceſſez de ſoupçonner mon cœur de trahiſon,
Si iamais Sinderic m'a peu rendre capable
D'aucun des ſentimens dont on me croit coupable,
Et ſi ie ne craindrois dans vn crime-pareil,
De voir cacher d'horreur la face du Soleil,
Ie veux qu'à l'aduenir pour comble de ma peine
A vos ialoux ſoupçons ſuccede voſtre haine,
I'eſtime ſa vertu, ie l'ayme tendrement,
Mais plutoſt comme vn fils que comme mon amãt,
Et cette affection eſloigne ma penſée,
Des vœux dont voſtre amour pourroit eſtre offencée,
Ie vous le dis encor, l'amour que i'ay pour luy
Vous doit contre luy-meſme aſſurer aujourd'huy.

MAXIME.

Mon esprit ne prend point le sens de ce mystere.

IVLIE.

Ce n'est pas vn secret que ie veuille vous taire.
Vous sçauez le credit qu'il a dans cét estat,
Ce qu'il peut à la Cour, ce qu'il peut au Senat,
Qu'il dispose à son gré des dignittez publiques.
Et que ses moindres dons sont grands & manifiques.
Ie veux que sa faueur vous serue aupres du Roy
Pour obtenir bien-tost quelque honorable employ;
Et ie ne l'ayme enfin qu'à cause qu'il vous ayme.

MAXIME.

Ah! pardonnez Madame à mon erreur extréme!
Ie crains, mais mon amour estant au dernier point
Et pour vn si grand bien puis-ie ne craindre point?
Ie ne crains pas pourtant qu'au mespris de ma flame,
Vn riual quoy que grand me chasse de vostre ame;
Mais sçachant son merite, & le peu que ie vaux,
Ie crains que ses vertus découurent mes deffauts,
Que par vn sentiment cruel, mais legitime,
Vostre amour diminuë auecques vostre estime,
Et que ie sois priué de ce plaisir Charmant,
Qu'vn extréme amitié peut donner seulement.

IVLIE.

Vous vous cognoissez trop pour auoir cette crainte,
Chassez donc les soubçons dõt vostre ame est atteinte,
Et croyez que Iulie ayme comme elle doit,
Et quelle vous estime, & quelle vous cognoist.

MAXIME.

Ie prens donc congé d'elle auec cette assurance.

IVLIE.

Vous verrez dés effets de sa perseuerance.

MAXIME.

C'est vn bien ou mes vœux n'osent presque aspirer,
Et ie parts trop contant quand ie puis l'esperer
Helas! ie m'en dedis, mon esperance est morte
Et ie cours mal-heureux ou la fureur m'emporte.

Maxime
dit ces
deux
vers en
se retirāt.

SCENE IV.

IVLIE, LIVIE.

IVLIE.

*E*T *bien, chere Liuie, en ce facheux combat,*
N'as tu pas bien souuant déploré mon estat,

Voy-tu rien de pareil au mal qui me surmonte?
Mais que feray-ie enfin pour esuiter ma honte?
Suiuray-ie le conseil que l'amour m'a donné?
Ah! déplorable mere! ah fils infortuné!
Faut-il qu'en cruauté ie surpasse ton pere!
Ou bien qu'en t'aduoüant tu causes ma misere!
Ne me fus-tu donné que pour me diffamer?
Et que pour me rauir ceux qui veulent m'aymer;
L'amour de mon espoux mourut à ta naissance,
Il fallut pour luy plaire approuuer ton absence,
Auiourd'huy ton retour trauaille puissamment
A faire aussi mourir l'amour de mon amant,
Et l'vnique remede à ce mal-heur extréme,
Est sans comparaison pire que le mal mesme:
Il faut que ie te perde vne seconde fois,
C'est-ce que ie ne puis, & c'est-ce que ie dois!

LIVIE.

Mais le voicy Madame.

SCENE V.

SINDERIC, IVLIE,

IVLIE.

AH *dieux que doy-ie faire?*

Esuitons

Esuitons sa rencontre.

SINDERIC.

Où fuyez vous ma mere?
Ie ne veux point ce nom, & ie ne l'eus iamais,
Honnorez en quelqu'autre, & me laissez en paix.

Iulie se
retire.

SCENE VI.
SINDERIC.

Dieu que vien-ie de voir ! Dieu que vien-ie
d'apprendre !
Quoy ma mere me fuit, & ne veut pas m'entendre,
Ie ne veux point ce nom, & ie ne l'eus iamais,
Honnorez en quelqu'autre, & me laissez en paix.
Quoy vous refusez donc ce beau tiltre de mere,
Pour ne pas m'accorder le bon-heur que i'espere ?
Ah ! ne vous flattez point, la nature & le Roy
S'armeront en ce iour contre vous, & pour moy,
Et i'ay droict d'esperer qu'auec leur assistance
Ie pourray mal-gré vous découurir ma naissance.
Detestable interest, Monstre aueugle & brutal,
Qui pour l'amour du bien suggeres tant de mal,
C'est de toy seulement que mon mal-heur procede,
La nature, l'honneur, le deuoir, tout te cede.

G

Indomptable vertu qui conduis la valleur
Dans les plus grands perils où regne le mal-heur,
Toy qui m'as arraché cent fois des mains des parques,
Pour me faire estimer du plus grand des Monarques,
Pour me mettre en son trosne vn peu plus bas que luy,
Faut-il que l'interest te surmonte aujourd'huy!
Mais encor l'interest soubs l'habit d'vne femme.
Ah! non non, ma vertu, ne souffrons point ce blâme,
Va te plaindre à ton Roy de ce lasche attentat.
Interesse sa gloire, & le bien de l'estat,
Fay-toy, fay-toy cognoistre à toute l'Italie,
Et vange désormais le mespris de Iulie.
Mais où vont les discours de mes vœux imparfaicts?
Vange-t'on des forfaicts, par les mesmes forfaicts?
Et parce que ma mere en cette procedure
Se porte à mespriser les droicts de la nature,
Est-elle moins ma mere? & puis-ie estant son fils,
Sans imiter son crime, imiter son mespris?
Non, non, n'escoutons point la voix de la vangeance,
Qui ne sçauroit punir sans commettre vne offence,
Disposons nous plutost à souffrir constamment
Vn mespris que le temps vaincra facillement,
Et pour hatter l'effect de ce bon-heur extréme,
Employons l'interest contre l'interest mesme,
Protestons hautement que de nostre maison,
Nous ne desirons rien que la gloire & le nom,
Passons mesmes plus outre en suite des promesses,
Pour acquerir ce bien dispensons nos richesses,

I'auray touſiours aſſez quand i'auray du bon-heur,
Et l'on ne peut iamais trop achepter l'honneur.

SCENE VII.

MAXIME, SINDERIC.

SINDERIC.

MAis que cherche Maxime au logis de Iulie?

MAXIME.

Quoy ie voy Sinderic dans la melancolie,
Et ſa haute faueur ne l'en exempte pas.

SINDERIC.

Cette haute faueur dont on faict tant de cas,
Eſt ſouuent vn obſtacle aux plaiſirs de la vie.

MAXIME.

Elle a bien des apas dans l'eſprit de Iulie.

SINDERIC.

Mais pour quelle raiſon m'en parleʒ-vous ainſi?

G ij

MAXIME.

C'eſt par-ce ſeulement que ie vous trouue icy.
Mais quoy vous laiſſer ſeul dans cette ſalle baſſe,
Cette inciuilité n'eſt pas de bonne grace,
Et ſans doute vos gens n'ont pas dit voſtre nom.

SINDERIC.

On me traicte ceans en fils de la maiſon,
Mais Iulie pourtant, quoy que ie puiſſe faire,
Ne veut point accepter le tiltre de ma mere.

MAXIME.

Cette alliance auſſi n'a rien de ces douceurs,
Dont le diſcours ſe ſert pour l'vnion des cœurs,
Elle imprime d'abord ie ne ſçay quoy d'auſtere
Qui ne conuient pas bien a l'amoureux myſtere:
Quand on traicte de mere vne dame qu'on ſert,
On luy faict de ſon aage vn reproche couuert:
Cette alliance enfin n'eſt pas fort obligeante,
Vous pouuiez en choiſir quelqu'autre plus galante,
Et vos deſſeins peut-eſtre euſſent mieux reüſſi.

SINDERIC.

Vous auez voſtre but, & i'ay le mien auſſi.
Suffit que i'ay raiſon en ce que ie projette,
Et que Iulie a tort lors qu'elle me reiette,

MAXIME.

Ainsi souuent les grands dedans leur passion
Se laissent aueugler à la presomption ;
Ils pensent que l'amour, les soins & les caresses,
Sont autant de tributs qu'on doit à leurs richesses,
Que pour gaigner vn cœur il ne faut seulement,
Que rendre vne visite, ou faire vn compliment.
Cependãt vous voyez comme on vit dedans Rome,
Vn seigneur est traicté de mesme qu'vn autre hom-
*   me.*
Et quelque vanité qui flatte ses esprits,
Il est souuent reduict à souffrir des mespris.

SINDERIC.

Quoy que vous en disiez, ie pense qu'en vostre âge
Vous auez bien souuent ioué ce personnage :
Pour moy ie ne crains point que l'on me traicte ainsi.

MAXIME.

Vous voyez bien pourtant que ie vous trouue icy
Mais vous estes modeste autant qu'on le peut estre,
Vous vous plaignez d'vn cœur dont vous estes le
*   maistre,*
Et feignez que Iulie a des rigueurs pour vous
Lors que vous esprouuez ses traictemens plus doux.

SINDERIC.

Que Iulie à mes vœux soit propice ou contraire,
I'iray iusques au bout, rien ne m'en peut distraire.

MAXIME.

Souuent le trop d'ardeur nuit à nostre dessein.

SINDERIC.

Iamais les gens d'honneur ne trauaillent en vain.

MAXIME.

On se perd tous les iours par trop de confiance.

SINDERIC.

On vient à bout de tout par la perseuerance.

MAXIME.

Mais par elle souuent on deuient importun.

SINDERIC.

Ce n'est que le destin des hommes du commun.
En vn mot mon dessein est d'obliger Iulie,
A m'accorder bien-tost ce qu'elle me desnie.

MAXIME.

Ceste entreprise est grande.

SINDERIC.

Elle est de mon deuoir.

MAXIME.

Iulie a bien du cœur.

SINDERIC.

I'ay beaucoup de pouuoir.

MAXIME.

Il est bien mal-aisé de contraindre vne femme.

SINDERIC.

Iulie ne sçauroit me resister sans blasme.

MAXIME.

Nous viuons dedans Rome auecques liberté.

SINDERIC.

Nous viuons dedans Rome où regne l'equité.

MAXIME.

Mais vostre nation n'en sçait pas l'exercice,
Et l'on voit rarement qu'vn Goth rende iustice.

SINDERIC.

Ce que Theodoric pratique tous les iours,
Montre la faußeté de ce lasche discours.
Ah! Maxime c'est trop, ce reproche m'outrage,
Taisez vous ie vous prie, ou changez de langage
Autrement.

MAXIME.

Est-ce icy que vous me menacez?
Ah sortons.

SINDERIC.

Mais sans bruit.

MAXIME.

Mais viste,

SINDERIC.

C'est assez
Ie vous satisferay, n'en soyez point en peine,
Il ne faut que passer dans la place prochaine.

Fin du troisiesme Acte.

ACTE IV.

SCENE PREMIERE.

IVLIE, & LIVIE.

IVLIE.

Ve dites vous Liuie?

LIVIE.

On me l'a dit ainsi.

IVLIE.

Qu'ils se sont querellez, lors qu'ils sortoient d'icy!
Mon fils & mon amant! Sinderic & Maxime!
Tout ce que i'ayme au monde, & tout ce que i'estime!
Ah! que vous auez tort, vous deuiez m'ad-
　　uertir
Au mal-heureux moment qu'on les a veu sortir.
Viste qu'on se dépesche, allez dire à Camille,
A Daue, à tous mes gens, qu'ils aillent à la ville
Semer chez leurs amis vn si funeste bruit.

H

LIVIE.

Madame ils font aprés.

IVLIE.

Mais peut eftre fans fruict.
Ah! mal-heureufe amante! Ah mal-heureufe mere!
Amour, honneur, nature, helas que doy-ie faire?
Nature en vous nommant ie vous fens dans mon
    fein,
Vous parlez pour mon fils, vous luy preftez la main,
Vous voulez par vos vœux auancer fa victoire.
Scauez-vous à quel prix vous demandez fa gloire!
Èt vous fouuenez-vous qu'en ce reffentiment
Si i'affifte mon fils ie trahis mon amant?
Ah! plutoft efcoutons un amour legitime,
Tournons, tournons nos vœux du cofté de Maxime,
Souhaitons que fon bras triomphe de mon fils;
Helas doy-ie achepter un amant à ce pris!
Mais que dis-ie achepter! Ah dieux pourroy-ie croire
Que ie le peuffe voir apres cette victoire?
Èt ne penfay-ie pas qu'en cét éuénement,
Si ie perdois mon fils ie perdrois mon amant?
Quoy mon fils! quoy mon fang! ie pourroy me refou-
    dre
A voir tomber fur vous cette mortelle foudre!
Et la nature efmeuë à ce funefte objcét,
Ne fcauroit deftourner le cours de ce project.

Non, non, c'eſt trop long-temps obeyr à ma flamme,
Des ſentimens plus beaux reuiennent dans mon ame.
Dieux conſeruez mon fils, c'eſt mon vnique eſpoir,
Et faites que bien-toſt ie le puiſſe reuoir!
Mais pourray-ie le voir teint du ſang de Maxime?
Ah! ie trouue vn abiſme au fonds d'vn autre abiſme!
Ie ne ſçay plus pour qui ie doy faire des vœux,
Ciel faictes moy mourir, ou les ſauuez tous deux.

LIVIE.

Appaiſez vous Madame.

IVLIE.

Helas le puis-ie faire!
Qui pourroit s'appaiſer dans vn ſort ſi contraire,
Dont les éuénemens eſgalement faſcheux,
S'oppoſeront touſiours a l'effect de mes vœux?

LIVIE.

Si Maxime pourtant emporte la victoire,
La mort de Sinderic aſſeure voſtre gloire,
Et l'honneur ce treſor qui fut touſiours ſans pris,
N'eſt pas trop achepté par la perte d'vn fils.
Mais encore d'vn fils qui peut ne le pas eſtre;
Car comment croyez vous l'auoir peu recognoi-
*   ſtre,*
Par le ſeul mouuement d'vne tendre amitié?
C'eſt ainſi que du ſang l'effect de la pitié,

De l'inclination, & de mille autres chofes,
Qui fe font admirer dedans l'ordre des chofes.

IVLIE.

Outre l'efmotion qui fe fit dans mon fein,
Ie recogneus mon fils aux marques de fa main,
Marques que i'obferuay le iour de fa naiffance,
Pour feruir de moyen à fa recognoiffance,
Que ie regarday lors comme de clairs flambeaux,
Qui pourroient quelque iour rendre mes iours plus
    beaux,
Mais qui font deuenus des Comettes funefte,
Et de mon deshonneur les fignes manifeftes,
Ce n'eft pas tout, Liuie, helas! ie vis encor
Au doigt de Sinderic la mefme bague d'or
Que ie donnay iadis pour toute recompence
A celuy qui feruit à le conduire en France.
Sinderic eft mon fils, ie n'en fçauroy douter,
Liuie en c'eft endroit ie ne puis t'efcouter.

LIVIE.

Mais voftre defadueu?

IVLIE.

      Tay toy, chere Liuie,
* Me me reproche point le mal-heur de ma vie,*
Ie l'ay defaduoüé pour fauuer mon renom,
Il s'agiffoit alors feulement de fon nom.

Ma bouche sans contrainte a démenty mon ame,
Et i'ay creu moins faillir qu'en trahissant ma flâme.
Mais il ne s'agit plus ny de nom ny de rang,
Il s'agist de sa mort, il s'agist de son sang,
De son sang, de mon sang, vnis par la nature,
Et qu'on ne peut trahir en pareille aduanture,
Ah! ie ne doy plus feindre!

LIVIE.

Helas! quel sentiment.
Faut-il donc l'aduoüer & perdre vostre amant?

IVLIE.

L'aduoüer mon honneur, le pourroy-ie sans blasme,
Vous perdre mon amant, le pourrions nous ma flâme?
Desaduoüer mon fils! helas par quelle loy
Doy-ie priuer mon sang de ce que ie luy doy?
Ah nature pardon, ie vous fays vn outrage,
Quand i'ose balancer si ie vous dois hommage,
Dans ce moment fatal mon fils est mon soucy,
Ie luy doy tous mes vœux, & les luy donne aussi,
Iuste Ciel accordez Sinderic, & Maxime,
Faites que leur debat s'appaise sans victime,
Que sans venir aux mains ils demeurent amis,
Et ne me priuez point ny d'amant ny de fils.
C'est mon premier souhait, mais si la destinée
Veut du sang de l'vn d'eux marquer cette iournée,

Si ie suis reseruée à ce sort rigoureux,
Le salut de mon fils est tout ce que ie veux.
Apres il faut mourir.

SCENE II.

HORACE, IVLIE, & LIVIE,

IVLIE.

Mais que nous veut Horace?
Que dit on chez le Roy? dieux tout
mon sang se glace!
Il ne nous respond rien, & paroist interdict.

HORACE.

Il s'est faict vn combat.

IVLIE.

Ah! ie l'auoy bien dit.

Mais le succez?

HORACE.

Maxime.

IVLIE.

Ah! dieux suis-ie trompée!

HORACE.

En est forty bleffé de deux grands coups d'espée.

IVLIE.

Ces coups sont-ils mortels.

HORACE.

     Il n'est bleffé qu'au bras?
Mais ces coups bien souuent ont causé le tresbas.
Cependant Sinderic enflé de vaine gloire,
Croit n'auoir rien à craindre apres cette victoire.
Mais quelque grand qu'il soit, il sçaura dans ce iour
Que l'heur & le mal-heur se suiuent tour à tour,
Il faut, il faut qu'il meure, ou bien que ie periffe.

IVLIE.

Plutost voyez le Roy, demandez luy iustice,
Ne vous exposez point, ne precipitez rien,
Theodoric est iuste, il vous vengera bien.

HORACE.

Dieux qu'est-ce que i'entens!

IVLIE.

    Que dites vous horace?

HORACE.

Que ceste preuoyance est de mauuaise grace,

Maxime eſt mon amy, Maxime eſt voſtre amant,
Et vous vous oppoſez, à mon reſſentiment!
Vous m'empeſchez, d'aller ou la gloire me porte,
Iulie, eſt-ce vous meſme ? ayme t'on de la ſorte ?

IVLIE.

Ie ne ſçaurois ſouffrir de vous voir en danger,
De vous perdre vous meſme en voulant nous vãger,
Horace croyez moy, réglez, voſtre colere,
Retournez chez Maxime, & me regardez faire,
Ie vay donner vn coup fatal à Sinderic,
Qui le perdra d'honneur pres de Theodoric,
Et qui vous vengera, n'en ſoyez point en peine,
Elle ſe *Qu'on me laiſſe en repos dans la chambre prochaine.*
retire.

HORACE.

Auec quels ſentimens ceſte ingrate beauté
Voit elle les tranſports dont ie ſuis agité ?
Auec quelle froideur, & quelle indifference
Vient elle d'eſcouter la voix de ma vengeance ?
Au lieu de m'animer à ſeruir ſon amant,
Sa bouche me refuſe vn adueu ſeulement,
Et par vn faux ſecours que ſon eſprit ſuppoſe
Elle veut ruiner celuy que ie propoſe:
Ah ! perfide Iulie, ame ingrate & ſans foy,
Indigne de l'ardeur que Maxime a pour toy,
Non, non, ie ne ſçaurois diſſimuler ton crime,
Ie m'en vay de ce pas en aduertir Maxime.

SCENE

SCENE III
SINDERIC, EMILE.
SINDERIC.

IVlie ayme Maxime! helas que dites vous?

EMILE.

Ouy, mais c'eſt à deſſein d'en faire ſon eſpoux.

SINDERIC.

Celuy que i'ay bleſſé, ce Cheualier.

EMILE.

Luy-meſme.

SINDERIC.

Que dans ceſt accident mon mal-heur eſt extréme!
Helas! ſi i'euſſe ſçeu qu'elle eut eu ce deſſein,
Iamais pour ce combat ie n'euſſe armé ma main,
Ie ſçay trop le reſpect que ie dois à ma mere.
Ah! rencontre faſcheuſe, & qui me deſeſpere,

J

Au lieu de l'obliger à force de bien faicts,
A m'accorder enfin l'effect de mes souhaits,
Ie choque par mal-heur les desirs de son ame,
Et contre mon dessein i'interesse sa flamme.
Bizarre éuenement d'vn proiect genereux!
Faut-il que monbon-heur me rende mal-heureux,
Que ie sois obligé de pleurer ma victoire!
Et que ma gloire enfin fasse obstacle à ma gloire!

EMILE.

Si ie plains vostre sort, c'est parce feulement,
Que Maxime n'est pas blessé mortellement,
Vos maux eussent finy dàns la fin de sa vie;
Car sans doute c'est luy qui choque vostre enuie.

SINDERIC.

Qu'il la choque tousiours, il peut bien s'asseurer,
Que ma mere l'aymant ie le veux honnorer,
Ne me proposez plus des remedes extremes,
Emile, ie les hay plus que les mal-heurs mesmes,
Et deussay-ie mourir en l'estat où ie suis,
On me verra tousiours dans le deuoir d'vn fils.

EMILE.

Mais le coup estant faict que pretendez-vous faire,

SINDERIC.

Tascher d'en obtenir le pardon de ma mere,

Luy monſtrer les remords dont mon cœur eſt percé,
Et lauer par mes pleurs le ſang que i'ay verſé.

EMILE.

Vous voulez donc la voir?

SINDERIC.

Il le faut bien Emile.

EMILE.

L'effect de ce deſſein mé ſemble difficile ,
Si quelqu'vn vous voyoit entrer dans ſa maiſon
On pourroit la blaſmer auec quelque raiſon,
On a ſçeu le combat d'entre vous & Maxime :
Mais affin d'euiter l'apparence du crime,
Il faut ſi nous pouuons nous y couler ſans bruiƐt,
A trauers l'eſpaiſſeur des ombres de la nuiƐt.

SINDERIC.

Il ſe faiƐt deſia tard, le Ciel nous fauoriſe.
Nature, aſſitez moy dedans ceſte entrepriſe,
Et ne ſouffrez iamais qu'au meſpris de vos loix
L'amour où l'intereſt l'emportent ſur mes droits.

SCENE IV.

IVLIE, LIVIE.

IVLIE.

Qve i'ay peu de repos dedans ma solitude,
Ma fille, & que mon sort est plein d'inquie-
    tude,
Ie ne sçaurois souffrir de voir mon fils vainqueur,
Ie brule qu'on me vange, & c'est toute ma peur.
Horace que tes vœux m'estoient insuportables!
Qu'ils m'ont paru cruels, qu'ils estoient charitables!
Et que ie t'aymerois dans ton ressentiment
Si quelqu'autre qu'vn fils eut blessé mon amant!
Helas! lors que l'amour remet dans ma memoire,
Que i'ay peu demander ceste triste victoire;
Ie condamne mes vœux, ie les tiens insensez,
Et ie me plains des Dieux qui les ont exaucez.
Ie passe plus auant en confessant mon crime,
Ie cognoy que la peine en est trop legitime,
Mais si tost que ie pense à vanger cét erreur,
Mon fils qui l'a causée allantit ma fureur.
Quoy donc ? ie souffriray qu'vne main criminelle
Ait blessé mon amant sans m'animer contre elle ?

Quoy donc? ie pourray voir l'obiect de mon amour
Perdre son sang, sa gloire, & peut estre le iour,
Sans perdre à mesme tẽps l'autheur de ma misere?
Ah! ce funeste obiet r'allume ma colere,
Il court à la vangeance, & desia dans mon cœur
L'image du vaincu triomphe du vainqueur:
Fauorable maistresse, & mere impitoyable,
Ie conçoy des desseins qui me rendent coupable,
Et ie sens mal-gré moy qu'en faueur d'vn amant,
Mon fils deuient l'object de mon ressentiment.
Helas! qu'en ce moment ma fortune est cruelle,
S'il faut estre barbare afin d'estre fidelle!
Ah! fils infortuné comble de mon soucy!
Ne t'ay-ie donc sauué que pour te perdre ainsi?
Et ne tay-ie arraché de la main de ton pere,
Que pour te mettre en butte aux fureurs de ta mere?
Maxime! Sinderic!

LIVIE.

       C'est trop vous affliger,
Maxime, à ce qu'on dit, ne court point de danger,
La blessure est legere.

IVLIE.

      Ah! qu'en sçais tu Liuie?
Ie crains qu'elle ne m'oste vne si chere vie,
Pour en sçauoir l'estat, i'ay faict aller chez luy
Vn des miens que i'attens auec beaucoup d'ennuy,

Cependant mon esprit ne s'ose rien promettre.

SCENE V.

CORNELIE, IVLIE, LIVIE.

CORNELIE.

Horace en repassant m'a donné ceste lettre.

IVLIE.

Que dit-il de Maxime ?

CORNELIE.

Il ne m'en a rien dit.

IVLIE.

Liuie approchez-vous, voyons ce qu'il m'escrit.
Vous, allez commander qu'on coure apres Horace,
Et me donnez aduis de tout ce qui se passe.

CORNELIE.

Madame, il est bien tard.

IVLIE.

N'importe,

CORNELIE.

Et bien i'y cours.

IVLIE.

Liuie a seule droit de sçauoir mes amours.

LETTRE DE MAXIME A IVLIE.

IE vis encor Madame, & le mal que i'endure,
Et mesme le trepas,
Si ie puis m'assurer que vostre flamme dure
A pour moy des appas;
Souffrez donc que ie vous coniure
De ne me plaindre point, & de ne changer pas.

   De grace, accordez moy le bon-heur que i'espere,
Et n'acceptez iamais
De mon heureux riual la qualité de mere,
Ce sont tous mes souhaits,
Pourtant quoy que vous puißiez faire,
Si c'est vostre plaisir, mes vœux sont satisfaicts.
MAXIME.

IVLIE.

Ah dieux! chaque moment augmente ma misere,
Quoy Maxime à donc sçeu que i'auois esté mere?
Et que c'est de mon fils que procede son mal?

LIVIE.

Cela n'est pas croyable, il l'appelle Riual.

IVLIE.

Ah ne me flatte point!

LIVIE.

Ie dy sans complaisance

La chose comme elle est, & comme ie la pense.
Car quel subiect a-t'il de craindre vn changement,
S'il croit que Synderic ne soit pas vostre Amant?

IVLIE.

Encor que ta pensee ait beaucoup d'apparence,
Ie ne puis luy donner vne entiere creance,
Ie forme en mon esprit des monstres pleins d'horreur
Qui portent auec eux la crainte & la fureur:
Il me semble des-ja qu'on fait vn mauuais conte
D'vn fils desaduoüé, qui me couure de honte.
Mais que feray-ie enfin, si Maxime le sçait?

LIVIE.

Vous deuez soustenir ce que vous auez fait,
Accuser hautement Synderic d'imposture.

IVLIE.

IVLIE.

Trahir mon propre sang ! démentir sa nature,
Souffrir dedans mon cœur ce combat criminel,
M'exposer aux rigueurs d'vn remords eternel,
Faire qu'vn innocent soit soubçonné de crime !
Bref traitter d'imposteur vn enfant legitime.
Ah ! cest effort Liuie excede mon pouuoir,
Et sans plus t'escouter i'escoute mon deuoir.

LIVIE.

Dieux de quel sentiment estes vous animée ?
Quoy n'auoir plus de soin de vostre renommée ?
Hazarder vostre amour, exposer vostre honneur,
Perdre vostre repos, perdre vostre bon-heur,
Madame regardez quel est ce precipice.

IVLIE.

Helas ! de tous costez ie treuue mon supplice,
Mon fils, & mon amant, mon honneur, mon deuoir,
Tout ce que ie conçoy me porte au desespoir.

LIVIE.

Ie m'estonne comment vostre esprit delibere,
La raison vous apprend ce que vous deuez faire,
Vous retracter, Madame, en ceste occasion,
Ce seroit redoubler vostre confusion.

IVLIE.

Et bien vous l'emportez, honneur inexorable?
Ouy malgré ton respect, nature venerable,
Et tous ses sentimens de tendresse & de sang,
Mon honneur dãs mõ cœur tiendi a le premier rang.
Ouy ie desaduoüray ce fils qui me diffame,
Et quand on emploiroit & le fer & la flamme,
Pour flechir mon courage, & changer mon dessein,
I'atteste tous les dieux que ce seroit en vain.

SCENE VI.

IVLIE, SINDERIC.

IVLIE.

MAis le voicy venir, dieux quelle est sõ audace!

SINDERIC.

Ie viens icy Madame, implorer vostre grace.

IVLIE.

Quoy ie voy Sinderic dans ma chambre, & de nuit!

SINDERIC.

Madame appaisez vous, le respect l'y conduit.

IVLIE.

Sinderic, dans ma chambre, ah dieux quelle insolence!

SINDERIC.

Vous pouuez en vser auec toute licence,
Ie souffre sans murmure vn si sanglant mespris,
Ainsi parle vne mere, ainsi se taist vn fils.

IVLIE.

Vous mon fils!

SINDERIC.

Il est vray que mon erreur insigne
Auec quelque raison pourroit m'en rendre indigne,
Si cette mesme erreur ayant peu m'abuser,
Auiourd'huy deuant vous ne venoit m'excuser,
Mais elle, vous dira qu'elle a commis mon crime.
Ah! si i'eusse eu le bien de cognoistre Maxime,
Iamais nostre combat n'eust causé vostre ennuy,
Ou vous eussiez pleuré pour moy non pas pour luy,
Le ciel m'en est tesmoing auant que vous déplaire,
I'eusse exposé ma vie, aux traits de sa colere,
Et l'on verroit respandre en ce mal-heureux iour
Des pleurs a la nature, & non pas à l'amour.
Vous me plaindriez Madame, ah! destin déplorable!
Ne puis-ie auoir du bien, sans estre miserable!

Faut-il que ma vertu produi∫e mon mal-heur?
Que ie te hay vertu, que ie te hay valeur!
Qui ne vous hayroit? Vous cau∫ez ma mi∫ere,
Vous m'o∫tez le repos, & vous m'o∫tez ma mere.

IVLIE.

Mon∫ieur, ie n'entens rien dedans tout ce di∫cours,
Et vous m'obligerez d'en arre∫ter le cours,
Au∫∫i bien il e∫t tard.

SINDERIC.

Est ce ain∫i qu'on me traitte?
Quoy la nature e∫t ∫ourde au∫∫i bien que muette?
Et le ∫ang dont le monde, admire le pouuoir
Auec tous ces efforts ne peut pas l'emouuoir.
Ah ma mere!

IVLIE.

Croyez que ce nom m'importune.

SINDERIC.

Ie ne veux point troubler vo∫tre bonne fortune,
Mais ie viens vous prier de ne permettre pas
Que ce coup de mal-heur augmente nos débats;
Et que ie ∫ois contraint de parler d'vn my∫tere
Qui peut ble∫∫er l'honneur du fils & de la mere,
Cet honneur delicat, de qui la pureté
Souffre du changement lors qu'il e∫t di∫puté.

Si ie vous demandois l'heritage d'vn pere,
Et si ie n'auois pas la fortune prospere,
Que mon peu de vertu fit honte à ma maison,
Le refus de ma mere auroit quelque raison,
Mais dans la haute estime où la faueur me range,
Qu'il a peu de iustice, & qu'il paroist estrange!

IVLIE.

Plutost que vos desirs ont peu de fondement,
Et qu'vn homme d'honneur se traite indignement!
Si Sinderic estoit accablé de misere,
Si son bien dependoit de celuy de son pere,
S'il cherchoit vn appuy dedans nostre maison,
Le dessein qui l'anime auroit quelque raison,
Mais dans le haut credit où sa faueur le range
Qu'il a peu de iustice & qu'il paroist estrange!

SINDERIC.

Helas! si le destin m'estoit iniurieux,
Sinderic n'eust iamais paru deuant vos yeux,
Iamais, iamais ce fils n'eust releué son estre,
S'il eust peu faire honte à ceux qui l'ont fait naistre.
Non, Madame, il falloit estre ce que ie suis
Afin d'authoriser les droits que ie poursuis,
Et pour pouuoir oster tout soubçon d'imposture,
La fortune deuoit se ioindre à la nature,
Aussi l'a-t'elle faict, & ie suis en vn rang
Digne de ma patrie, & digne de mon sang,

Mais plus i'ay de grandeur, plus on me considere,
Et plus i'ay de raison pour conuaincre ma mere.

IVLIE.

Dites, dites plutost que c'est vostre grandeur,
Qui fournit de deffence à ma iuste froideur,
Si vous estiez mon fils, si i'estois vostre mere,
Sinderic, pensez vous que ie le peusse taire,
Et pour quelle raison voudrois-ie me priuer
De l'honneur le plus grand qui me peut arriuer?
Ie cognoy vos vertus, ie sçay que si dans Rome
L'on vous tient moins qu'vn Dieu, l'on vous tient
    plus qu'vn homme,
Et que dans quelque esclat qu'ayent vescu mes a-
    yeulx,
Vous aduoüer pour fils me seroit glorieux.
Ainsi considerez qui ie suis, qui vous estes,
Et parce que ie fay iugez ce que vous faictes.

SINDERIC.

Depuis que mon bon-heur me permet de vous voir,
Madame qu'ay-ie faict qui choque mon deuoir?
Quoy n'ay-ie pas rendu vous rendant mes visites,
Tout le respect qu'on doit à vos rares merites?
Et demandant les droits que vous me retenez,
Ces legitimes droits que le ciel m'a donnez,
N'ay-ie pas faict paroistre vne ardeur viue & pure,
Et telle qu'en nos cœurs allume la nature?

S'il eſt ainſi, Madame, ah ! conſiderez mieux,
Combien voſtre refus doit m'eſtre iniurieux !
Regardez qui ie ſuis, regardez qui vous eſtes,
Et par ce que i'ay faict, iugez ce que vous faites.

IVLIE.

Ie fay ce que ie doy, quand ie veux conſeruer
Vn treſor precieux dont on me veut priuer,
Ie fay ce que ie doy quand ie taſche à deffendre
Mon honneur qu'on attaque, & qu'on voudroit ſur-
    prendre,
Quoy puis-ie ſans horreur eſcouter vos ſouhaits,
Moy qui n'ay point de fils, & qui n'en eus iamais!
Et les puis-ie exaucer ſans me voir accuſée
Du plus laſche forfaict qui tombe en la penſée ?
Ah ! non non, Sinderic, en l'eſtat où ie ſuis,
Vous blaſmer & me plaindre eſt tout ce que ie puis.

SINDERIC.

Et bien plaignez vous donc, mais ſi voſtre memoire
Conſerue encor l'effect qu'a produict mon hiſtoire,
S'il vous ſouuient des pleurs que vous auez verſez,
Au funeſte recit de mes mal-heurs paſſez,
Plaignez vous de vous meſme, & plaignez l'in-
    conſtance,
Dont ie puis vous conuaincre en ceſte circonſtance,
Ie fay les meſmes vœux que n'agueres i'ay faicts,
Et i'en reſſens pourtant de contraires effects :

Vous escoutiez tantost la voix de la nature,
A present vos discours m'accusent d'imposture,
L'obiect de vos faueurs l'est de vostre courroux;
Et vous me condamnez apres m'auoir absous.
Songez, songez, Madame, à cét amour extréme,
Et si vous vous plaignez, plaignez-vous de vous
    mesme,
Quand vous vous repentez de m'auoir bien traitté,
Vous estes criminelle, ou vous l'auez esté.

IVLIE.

Quoy donc, dans vos discours vous meslez l'arti-
    fice,
Pour me persecuter auec plus d'iniustice?
Et flattant le dessein que vous auez conceu,
Vous faignez que tantost ie vous ay bien receu?
Mon ame, ie l'aduoüe, a senty quelque atteinte,
I'ay versé quelques pleurs, i'ay formé quelque plainte
Mais ne sçauez vous pas que la plainte & les pleurs
Sont des tributs qu'on doit aux extrémes mal-heurs?
Soit que vostre recit fut feint ou veritable,
Il me representoit vn destin lamentable,
Ce tableau m'a surprise, & dans ce mouuement
Mon cœur s'est attendry sans mon consentement,
Ainsi ne croyez pas que l'objeet de mes larmes
Pour triompher de moy, vous fournisse des armes,
Si mon cœur a poussé des soupirs & des vœux,
Ce n'est pas pour vn fils, c'est pour vn mal-heureux,

Sensible

Sensible aux passions qu'excite la misere,
I'ay pleuré comme femme, & non pas comme mere.

SINDERIC.

Helas! s'il estoit vray que la seule pitié
Eut touché vostre cœur, & non pas l'amitié,
Ie n'aurois pas receu tant de douces caresses,
Qui bien plus que vos pleurs ont marqué vos ten-
        dresses:
Vous le sçauez, Madame, & mõn raisonnement
N'appelle à son secours que vostre iugement.
Ah ma mere! il est temps d'exaucer ma priere,
Et de laisser agir vostre bonté premiere,
Le sang vous a parlé, vous l'auez escouté,
Le sang vous parle encor, seroit il reietté?
Vous ne me dittes mot, ah sort tousiours contraire!
Puis que la voix du fils ne touche point la mere.

IVLIE.

Tous ces noms affectez sont icy superflus.

SINDERIC.

Quoy n'obtiendray-ie rien?

IVLIE.

                    Ie ne vous entens plus.

SINDERIC.

Vn moment d'audiance, & puis-ie me retire.

IVLIE.

Ie ne vous cognoy point,

SINDERIC.

Pouuez vous bien le dire?

IVLIE.

Ie le dis sans contrainte.

SINDERIC.

Ah comble de rigueur!
S'il est vray que la bouche explique icy le cœur.

IVLIE.

C'est là mon sentiment, ie vous le dis encore.

SINDERIC.

Sentiment qui me perd, & qui vous deshonnore,
Ah Madame! cessez de tenir ce propos.

IVLIE.

Mais vous mesme cessez de troubler mon repos.

Ie cognoy vos vertus, mon ame les reuere,
Et ie voudrois pouuoir mé dire voſtre mere,
Adieu.

SINDERIC.

Bien, bien, Madame, allez iuſques au bout,
Le reſpeƈt & ce lieu veut que ie ſouffre tout,
Mais puis qu'à vos rigueurs vous ioignez le caprice,
Sçachez, ſçachez qu'ailleurs, on me rendra iuſtice,
Et que tous vos efforts ſeront vains contre moy,
Puiſque i'ay pour appuy la nature, & le Roy.

Fin du quatrieſme Acte.

ACTE V.

SCENE PREMIERE.

MAXIME, HORACE.

MAXIME.

Voy cette ingratte change, & ne veut pas
    souffrir
    Qu'ô parle de punir ceux qui me font mourir?
Lors que ton amitié veut prendre ma defence,
Que tu parois armé pour vanger mon offence,
Son visage se trouble, & d'vn lasche discours
Elle retient le bras qui m'offre du secours?
Vertus du siecle d'or en nos iours incogneuës
Amour, fidelité, qu'estes vous deuenuës?
Apres ceste disgrace, où puis-ie recourir?
Faut-il changer enfin, dois-ie viure ou mourir?
Ah mourons! mais Horace, admire ma foiblesse,
I'ayme encore Iulie auec tant de tendresse,
Que ie veux la reuoir au parauant ma mort.

HORACE.

Son logis n'est pas loin.

MAXIME.

> *Ie tremble, à cet abord.*
Ie recherche, & ie fuis ceſte belle coupable,
I'ay deſſein de la voir, & n'en ſuis pas capable.
Helas! que faut-il faire apres ce qu'elle a faiɛt?
Ne dois-ie pas hayr l'ingrate qui me hait?
Mais la puis-ie bannir de mon ame enflammée,
L'ayant ſi cherement, & ſi long-temps aymée?
Sentimens genereux, amour, haine, courroux,
Tyrans en meſme temps trop cruels & trop doux,
Quoy pouuez-vous ſouffrir que moncœur vous aſ-
    ſemble?
Que i'abhorre Iulie, & l'aime tout enſemble?
Et ne voulez vous pas faire vn dernier effort,
Pour ſçauoir qui de vous doit eſtre le plus fort?
C'en eſt faiɛt, cher amy, l'amour a la viɛtoire,
Iulie & ſes appas, regnent dans ma memoire,
Son crime diſparoit, & rien ne s'offre à moy,
Que la vertu qui parle en faueur de ſa foy.
Ie ne conteſte plus, il faut que ie la voye.

HORACE.

Prenons l'occaſion que le ciel nous enuoye.
On ouure, & quelqu'vn ſort.

SCENE II.
LIVIE, MAXIME, HORACE.
MAXIME.

AH! Liuie est-ce toy?
Que faict nostre maistresse?

LIVIE.

Elle va chez le Roy.

MAXIME.

Chez le Roy!

LIVIE.

Par son ordre.

MAXIME.

Ah comble de ma peine!
Que me dis-tu Liuie?

LIVIE.

> *Vne chose certaine.*

Il a mandé Iulie.

MAXIME.

> *Il veut donc l'obliger*
A receuoir la loy d'vn Seigneur estranger!
Quoy? ce Prince veut donc employer sa puissance,
A faire vne action pleine de violence?
Et se laissant surprendre aux vœux d'vn fauory.
Il ose mespriser ce qu'il a tant chery?
Son honneur, son deuoir, sa conscience mesme :
Thresor de plus grand prix que n'est son Diadesme.
Ah! si le Roy pretend contraindre les esprits,
Il faict ce que les dieux n'ont iamais entrepris.

LIVIE.

Le procedé du Roy ne surprend pas mon ame,
Sinderic dit par tout qu'il est fils de Madame,
Qu'elle doit l'aduoüer, & que c'est sans raison
Qu'on luy veut contester les droits de sa maison,
Vous auez desia sceu comme elle le rebute,
Theodoric veut donc finir ceste dispute,
Pour preuenir les maux qu'elle pourroit causer.

MAXIME.

O Dieux! qu'en cest endroit i'ay droit de m'accuser,

I'auoy creu iufqu'icy que ce tiltre de mere
Eftoit vn ieu d'amour.

LIVIE.

Ah ie deuois me taire!
Quoy vous ne fçauiez point?

MAXIME.

Non veritablement.

LIVIE.

Et vous auiez donc creu?

MAXIME.

Qu'il eftoit fon amant,
Et que fans refpecter la foy qui nous engage,
Theodoric vouloit faire ce mariage.

LIVIE.

Que Iulie eft trompée; & que i'ay de mal-heur!

MAXIME.

Où vas tu?

LIVIE.

Laiffez-moy.

SCENE II.

MAXIME, HORACE.

MAXIME.

Sortez donc de mon cœur,
Soubçons iniurieux qui trauersiez ma flamme,
Vous pouuoy-ie souffrir vous qui blâmiez Madame
Mais d'où peut proceder qu'vn bon-heur infiny
N'a duré qu'vn moment? qui vous a donc banny?
Quoy, ie ne vous sens plus, bon-heur inestimable?
Et ie sens malgré vous que ie suis miserable?
Iulie a des enfans! Horace qu'en dis-tu?
Peut elle l'aduoüer sans blesser sa vertu?
Lepide n'en eust point.

HORACE.

Non pas au moins qu'on sçache.

MAXIME.

Donques à son honneur elle a faict quelque tache!
Donques ceste vertu dont ie fais tant d'estat,
Qui brille dedans Rome auecques tant d'eclat,

M.

De qui la renommée a pris tant de matiere,
Auroit veu quelque fois défaillir sa lumiere!
Ah ce dernier mal-heur surpasse le premier!

HORACE.

Mais comment l'en conuaincre? elle peut le nier,
Personne n'a iamais osé blasmer sa vie:

MAXIME.

Quoy l'on pourra douter de l'honneur de Iulie!
Quoy sa haute vertu receura cest affront!
C'est ce qui me surprend, c'est ce qui me confond.
Horace, ie sçay bien l'estrange ialousie,
Dont le vieillard Lepide auoit l'ame saisie,
Ie sçay qu'il fut touché de ces soucis rongeants,
Dont ceste passion trouble les vieilles gens,
Et que mesme il en vint à ce point de folie,
Qu'il creut Rome suspecte aux beautez de Iulie,
Que pour la mieux garder il alla viure aux chãps,
Mais ie n'ay iamais sceu qu'elle eut eudes enfans.

HORACE.

Il me souuient pourtant que pendant leur voyage,
Dans Rome on en conçeut quelque sorte d'ombrage,
On parla sourdement que Lepide auoit eu
Vn enfant de Iulie, & plusieurs l'auoient creu;
Mais de puis leur retour leur mes-intelligence
Auoit de tous ces bruits détourné la creance.

Toutesfois si l'on veut examiner le temps
L'âge de Sinderic les rend fort apparans,
Et dans le haut esclat où l'on le voit parestre,
Puis qu'il se dit son fils, ie croy qu'il le doit estre.

MAXIME.

Que Iulie ayt vn fils, ou qu'elle n'en ayt pas,
Ie la regardé encore auec tous ses appas,
Ie cognoy sa conduite, & presente & passée,
Ie cognoy ses discours, ie cognoy sa pensée,
Et si tost que l'enuie attaque son honneur,
I'escoute la vertu qui parle en sa faueur.
En vn mot c'est Iulie, il faut que ie l'estime,
Croire qu'elle eust failly, ce seroit faire vn crime,
Et conçeuoir contre-elle vn soubçon seulement,
Ce seroit meriter pis que son changement.
Mais afin que mon ame en soit mieux esclaircie,
Allons voir chez le Roy, Sinderic & Iulie,
Sçachons leurs differens, & voyons en ce iour
Combattre la nature, & triompher l'amour.

SCENE III.

THEODORIC, BOECE, la suitte de
THEODORIC, SINDERIC, IVLIE.

SINDERIC.

Grand Monarque escoutez, la voix de la nature.

IVLIE.

Seigneur n'escoutez point la voix de l'imposture.

THEODORIC.

Ie vous feray iustice.

IVLIE.

Ah Seigneur!

THEODORIC.

C'est assez,
Mais ne vous troublez point, Sinderic commencez.

SINDERIC.

Les Cieux me sont tesmoins auec quelle contrainte
Ie porte deuant vous ma legitime plainte;

Et si ie n'ay pas faict tout ce que ie deuois
Pour cacher nostre honte au plus iuste des Roys.
Ma mere vous sçauez que souuent par des larmes
Vostre fils a tasché de vous oster les armes,
Et que c'est la raison qui me vient enseigner,
Que ie doy vaincre vn cœur que ie n'ay peu gaigner.
Helas! qui le croiroit, dedans cette auanture,
Ces puissans mouuemens qu'inspire la nature,
Ces eslans d'amitié que le sang met au iour,
Et tout ce qu'il produit de tendresse & d'amour,
Apres auoir en vain sollicité mon pere,
Defaillent auiourd'huy dans l'esprit de ma mere.
Vous auez sçeu Seigneur qu'vn pere trop ialoux
D'abord que ie fus né m'esloigna de chez nous,
Et que sa ialousie eust mesme la puissance
De le faire resoudre à cacher ma naissance.
De là naist ce debat, lamentable & nouueau,
C'en est auiourd'huy l'ame ainsi que le flambeau,
Qui perçant l'espaisseur d'vn grand nombre d'années,
Tire de leur cahos mes sombres destinées,
Et desbroüillat les droicts que les cieux m'ont acquis,
Vient confondre vne mere, & découurir vn fils.
Mere autresfois trop douce, à present trop cruelle,
Pourquoy ne souffriez vous qu'vn ame criminelle
M'immolast en naissant à ses soubçons ialoux?
Si vous me reiettez, pourquoy me sauuiez vous?
Mais pourquoy donc hyer m'aduoüer ma naissance?
A quoy pouuoit seruir cette recognoissance?

Si vous auiez deſſein d'en empeſcher l'effict?
Helas que faictes vous ?ou bien qu'auez vous faict?
Ah! qu'on doit admirer en cette conionĉture,
Le merueilleux pouuoir qu'a ſur nous la nature,
Vous pleuriez auec moy, vous m'ébraſſiez, ah Cieux!
Que ne reteniez-vous, & vos bras, & vos yeux?
Ne ſoubçonniez-vous pas que l'on vous peut ſur-
      prendre?
Mais que facilement vous pouuez-vous deffendre,
Dittes qu'on ne peut point dans ces euénements
Auoir vn cœur de mere, & d'autres ſentimens.
D'où vient donc, direz vous, cette force noüuelle
Qui me faict auiourd'huy vous eſtre ſi cruelle?
C'eſt à vous de ſçauoir d'où naiſſent vos rigueurs,
Il n'eſt point de raiſon en pareilles erreurs.
Mais pour en quelque ſorte amoindrir voſtre crime,
Et teſmoigner encor combien ie vous eſtime,
Ie pretens faire voir que vous auez ſubiect
De choquer auiourd'huy le cours de mon project.
Rome & toute la terre ignoroit ma naiſſance,
Vous n'en auiez rien dit pendant ma longue abſence,
Ny faict aucun effort pour ſçauoir où i'eſtois,
Vous auez donc deu craindre ou la honte ou les
      loix.
Qui le ſçait auiourd'huy le pouuoir tyrannique
Que ta honte s'acquiert ſur vne ame pudique?
Et l'horreur que les loix impriment dans vn cœur,
Qui ſe ſent par ſoy-meſme accuſé d'vn erreur?

Tay-toy, lasche interest, passion du vulgaire,
Non, non, ce n'est pas toy qui me retiens ma mere.
Ce n'est que la pudeur & la crainte des loix,
Mais ie veux les combatre encore vne autrefois.
Nature à mon secours, inspirez à mon ame
Ces puissans mouuemens de tendresse & de flamme,
A qui rien ne resiste, & qui sçeurent toucher
Vn cœur qui maintenant est plus dur qu'en rocher.
Romains qui cognoissez Sinderic & Iulie,
Croyez vous qu'elle fit vne tache à sa vie,
Aduoüant auiourd'huy Sinderic pour son fils,
Ou qu'il voulut gaigner vne mere à ce pris?
Tout le monde respond qu'on ne le sçauroit croire,
Qu'ils sçauent que tous deux nous aymons trop la
    gloire,
Que vous pouuez me rendre & ma mere & mon
    nom,
Sans craindre de leur part, ny blasme ny soubçon.
Mais vous craignez la loy que vous auez enfreinte,
Chassez de vostre esprit cette inutille crainte,
Nous viuons soubs vn Roy qui peut tout pardonner,
Demandez vostre grace, il vous la va donner.
Quoy donc à ce discours vous restez insensible?
Et de vous esmouuoir il ne m'est pas possible?
Mais apres ces rigueurs au moins permettez moy
D'implorer à genoux la iustice du Roy.
Seigneur, accordez moy le bon-heur que i'espere,
Rendez la mere au fils, & le fils à la mere,

Et par vne action digne de voſtre rang,
Reioignez, auiourd'huy le ſang auec le ſang.

THEODORIC.

Leuez vous.

IVLIE.

Ah Seigneur entendez ma deffence !

THEODORIC.

Leuez vous, & parlez auec toute aſſeurance.

IVLIE.

Ie ne puis m'aſſurer des choſes que ie voy,
Sinderic, eſt-ce vous ? ſommes nous chez le Roy ?
Vous me trompez mes yeux ! Quoy ce grand Capi-
  taine,
Qui s'aquit tant de gloire au ſiege de Rauene,
Fait donc ſi peu d'eſtat de l'honneur de ſon nom,
Qu'il le met en balance auecque ma maiſon ?
Qui le croiroit bons Dieux dedans cette auanture,
L'impoſture ſe ſert des droits de la nature,
Et ſans craindre la honte, & la rigueur des loix,
S'expoſe au iugement du plus iuſte des Roys.
Que ſont donc deuenus ces efforts de la honte,
Depuis que Sinderic en tient ſi peu de conte ?
Vous voulez Sinderic, qu'elle ait peu m'obliger
A traicter mon enfant ainſi qu'vn eſtranger,

Et si l'on vous en croit elle n'a pas peu faire,
Qu'vn enfant n'ayt tasché de diffamer sa mere.
Quoy? si la honte a peu signaler son pouuoir,
Et contre la nature, & contre le deuoir,
Ne pourroit elle pas parlant pour l'vn & l'autre,
Vous resoudre à sauuer mon honneur & le vostre;
Sans doute Sinderic, ce sont là les beaux fruicts,
Si vous estiez mon fils, que la honte eust produicts;
On ne vous verroit point dedans cette audiance,
Demander hautement vostre recognoissance,
Accuser vostre mere, & remontrer au Roy
Qu'elle en court iustement les rigueurs de la loy.
Sinderic, Sinderic, considerez de grace
Quelle est le precipice ou vous pousse l'audace,
Quãd vous me poursuiuez, vous vous rēdez suspect,
Vn veritable fils n'est iamais sans respect.

Mais c'est trop s'arrester sur vne procedure
Dont le moindre incident découure l'imposture,
Quittant donc le discours d'vn iniuste proiect,
Ie passe à la raison de tout ce que i'ay faict.
La honte ny les loix n'ont point forcé mon ame
A faire vn dés-adueu dont Sinderic me blasme,
Sans blesser mon honneur en l'estat où ie vis,
Ie pouuois l'aduoüer s'il eust esté mon fils.
Est-ce donc quelque hayne? ah! seroit il croyable,
Qu'on hait sans subiect vn homme incomparable,
A qui les gens d'honneur esleuent des autels,
Et qu'estimé auiourd'huy le plus grand des mortels?

Seroit-ce l'interest: il confesse luy-mesme,
Que ie suis à couuert de cét erreur extréme.
Qu'est-ce qui le peut donc chasser de ma maison?
C'est la raison, Seigneur, c'est toute ma raison,
Prononcez donc grand Prince vne iuste sentence,
Qui priue Sinderic de sa recognoissance,
Et qui mette en repos les viuans & les morts,
Mais ne punissez pas ses iniustes efforts,
Pardonnez luy grand Roy l'erreur le rend coupable,
Et peut bien auiourd'huy le rendre pardonnable,
C'est toute la faueur que i'espere de vous,
Seigneur pour l'obtenir i'embrasse vos genoux.

THEODORIC.

Leuez-vous, mais Boece enfin que doy-ie faire?

IVLIE.

Pardonne à Sinderic.

SINDERIC.

Pardonnez à ma mere.

THEODORIC.

Passez dedans la sale, & laissez nous icy.

SCENE III.

THEODORIC, BOECE, suitte de
Theodoric.

THEODORIC.

Oece leurs discours ne m'ont point esclaircy,
Ie ne sçay que resoudre.

BOECE.

    En l'affaire presente,
Sire ie ne voy point d'épreuue suffisante,
Ie croy que Sinderic a raison en effect,
Et les presomptions sont pour luy tout à faict,
Mais ie n'estime pas que sur vne apparence
On puisse en sa faueur donner vne sentence.

THEODORIC.

Dieu pourquoy souffrez vous qu'auec impunité
Le mensonge se mesle auec la verité?
Qu'on confonde auiourd'huy deux choses si contraires
Pour cacher à nos sens la raison des affaires:
Ie ne me vis iamais dans vn pareil combat.

BOECE

Seigneur sur ce subiect consultons le senat.

THEODORIC *apres auoir vn peu penſé.*

Il n'en eſt pas beſoing, ie voy dedans mon ame
La brillante clarté d'vne ſecrete flamme,
Chaſſer l'ombre & l'erreur qui poſſedoit mes ſens.
Nos criminels enfin ſont tous deux innocens,
L'vn cherche ſon honneur, l'autre craint l'infamie,
Et ie ſçay le moyen de conuaincre Iulie.
Qu'on la faſſe venir, vous verrez en ce point,
Que les Rois ſont des dieux que l'on n'abuſe point.

Iulie
entre.

SCENE IV.

IVLIE, THEODORIC, & ſa ſuitte.

THEODORIC.

Vlie, il eſt certain qu'en cette procedure
L'erreur s'eſt emparé des droicts de la nature,
Que ſans difficulté Sinderic s'eſt meſpris,
Vous n'eſtes point ſa mere, il n'eſt point voſtre fils,
Auſſi des à preſent mon pouuoir vous diſpenſe
De ſes pretentions pour ſa recognoiſſance.

IVLIE.

Que ie vous doy ſeigneur apres ce iugement !

THEODORIC.

En effect sa poursuite estoit sans fondement,
Et ie recognoy bien plus ie vous considere,
Que Sinderic eust tort de vous choisir pour mere.
Plutost qu'aymer en vous vne fuitte d'ayeulx,
Il deuoit adorer les attraicts de vos yeux,
Et changeant en amour cette amitié seuere,
Vous aymer comme amante, & non pas cõme mere.

IVLIE.

Ie ne respondray rien en l'estat où ie suis,
Baisser les yeux, seigneur, est tout ce que ie puis.

THEODORIC.

Mais vous estes encor au plus beau de vostre âge,
Quoy! voulez vous mourir dans ce triste vefuage?
Sçachez que vostre Roy condamne ce dessein,
Et qu'il veut vous donner vn espoux de sa main,
Dont la haute vertu merite vostre estime,
Que vous ayez aymé,

IVLIE.

C'est sans doute Maxime.

THEODORIC.

Ie ne vous entens point,

IVLIE.

Ie disois à mon Roy,
Que tousiours ses desirs me tiendront lieu de loy.

THEODORIC.

Puis que ie suis certain de vostre obeyssance,
Ie ne vous tiëdray point plus long-temps en balance,
Rauy que Sinderic ne soit point vostre fils,
Que les liens du sang ne vous ayent point vnis,
Par de puissans motifs d'amour, & de Iustice,
Ie veux dés auiourd'huy que l'hymen vous vnisse

IVLIE.

Ah! reuoquez seigneur cette seuere loy.

THEODORIC.

Quoy vous vous retractez?

IVLIE.

Et de grace, grand Roy.
Dispensez mon esprit d'vne telle contrainte!

THEODORIC.

Mais d'où peut proceder vostre subiect de plain,
Le party qu'on vous offre a-til quelque défaut?
Pouuez-vous iustement en pretendre vn plus haut?

IVLIE.

Seigneur il est trop grand, & trop considerable,
L'excez de sa grandeur me rendroit miserable.

THEODORIC.

Ne vous obstinez plus à choquer mes proiects,
Les Rois comme il leur plaist esgalent leurs suiects.

IVLIE.

Seigneur vous pouuez tout, mais ie sens dans mon
    ame
Vn secret mouuement qui s'oppose à ma flamme,
Ce party, quoy qu'illustre, est pour moy sans appas,
Ie ne sçauroy l'aymer ne le cognoissant pas.
Et si ie n'ayme point, puis-ie estre destinée
Par vostre iugement au ioug de l'Hymenée ?
Et voudriez-vous agir auec tant de rigueur
Que de vouloir forcer la liberté du cœur ?

THEODORIC.

Ie vous offre vn espoux que tout le monde estime
Ieune, adroit, liberal, courtois, & magnanime,
Si vous auez du cœur, vous deuez l'estimer,
Et si vous l'estimez, vous pourrez bien l'aymer,
L'ame la plus rebelle auec le temps s'engage,
Et l'amour est souuent l'effect du mariage,

Ainſi voſtre refus eſtant ſans fondement,
Cét Hymen doit auoir ſon accompliſſement.

IVLIE.

Au nom de vos bontez que le monde reuere,
Grand Prince, reuoquez vn arreſt ſi ſeuere,
Il ne m'eſt pas permis de diſpoſer de moy,
Mon ame eſt engagée, & i'ay donné ma foy,
Voulez-vous donc ſeigneur, que ie ſois infidelle?
Que i'eſteigne vne flamme auſſi pure que belle?
Et ſans conſiderer mes ſermens amoureux,
Que cét Hymen fatal faſſe trois mal-heureux?
Ah ſeigneur!

THEODORIC.

C'eſt en vain que voſtre eſprit me choque,
La volonté des Roys iamais ne ſe reuoque,
Ceſſez de m'oppoſer vos ſermens, voſtre foy,
Vous eſtes degagée en receuant ma loy,
Et la neceſſité de voſtre obeyſſance,
Vous peut mettre à couuert du blaſme d'inconſtáce.
Enfin, c'eſt vn arreſt que vous deuez ſubir,
C'eſt à moy d'ordonner; c'eſt à vous d'obeyr.

IVLIE.

Ah! ie reclame icy voſtre iuſtice extréme!
I'en appelle ſeigneur de vous meſme à vous meſme!
THEODORIC.

THEODORIC.

Ne me repliquez plus, vous deuez auiourd'huy
Receuoir Sinderic, & vous donner à luy.

IVLIE.

Receuoir Sinderic! & luy donner mon ame.
Luy qui me persecute, & veut me rendre infame!
Qui vient me souftenir à la face du Roy,
Que i'ay trahy mon sang, & violé ma foy!

THEODORIC.

Si de son procedé vous eftes offencée,
C'eft contre la raifon, & contre fa penfée,
Il s'eft cru bien fondé dans fes pretentions,
Et vous la faict fçauoir par des submiffions,
Vos mauuais traictemens l'ont forcé de se plaindre,
N'ayant pû vous gaigner il vouloit vous con-
        traindre;
Mais auec tant d'honneur, & par tant de refpect,
Qu'on euft crû qu'il eftoit à luy-mefme fufpect,
Qu'il craignoit d'obtenir l'effect de fa priere,
De peur que son plaifir ne defpleut à fa mere;
Outre qu'auparauant l'arreft que i'ay donné
Demandant son pardon vous l'auez pardonné.

IVLIE.

Mais, s'il croyoit encor que ie fuffe fa mere,
Voudroit-il approuuer cét infame myftere?

Et quand il penseroit que ie ne la suis point
Voudroit-il hasarder de faillir à ce point?

THEODORIC.

Ie la tiens, poursuiuons ; il a trop d'asseurence,
De la sincerité de vostre conscience
Pour croire que iamais vous puißiez vous porter,
A cest horrible crime,

IVLIE.

      Ah ! ie veux l'euiter,
Mais vous me contraignez.

THEODORIC.

      Nous la tenons Boece.

IVLIE.

Ah de grace, seigneur, excusez ma foiblesse,
I'ay failly, ie l'aduoüe, & i'ay bien merité
D'estre auiourd'huy punie auec seuerité.

THEODORIC. *à quelqu'vn de sa suitte.*

Appellez Sinderic.

IVLIE.

      Doux sentimens de mere,
Efforts de la nature, enfin ie vous reuere !

O sang! que tes liens doiuent estre puissans,
Puis que mal-gré nos vœux tu captiues nos sens!

SCENE V.

MAXIME, SINDERIC, THEODORIC, IVLIE.

SINDERIC.

Maxime c'est assez, n'en parlons plus de grace,
Et que de vostre esprit tout le passé s'efface.
Ie me suis expliqué, vous m'auez esclaircy,
Viuons bien désormais.

MAXIME.

Ie le souhaite ainsi.

IVLIE.

Le voicy, c'en est faict, nature ie te cede,
Il vous a dict, seigneur, d'où mon crime procede,
La honte m'a forcée à le desaduoüer.

THEODORIC.

Cet e force d'esprit ne se peut trop loüer.

IVLIE.

Il est pourtant, mon fils, ie le sens, ie l'espreuue,
Ie ne sçauroy le voir sans que mon sang s'esmeuue,
Sinderic est mon fils, c'est vn adueu seigneur,
Que ma bouche vous faict beaucoup moins que mon
    cœur.

THEODORIC.

Aduancez Sinderic, nous auons la victoire,
Ie vous rends vostre mere.

SINDERIC.

        O comble de ma gloire!
Ie reçois auiourd'huy de vostre maiesté
Le seul bien qui manquoit à ma felicité,
Ie deuois ma fortune à vostre bien-veuillance,
Ie dois à vostre arrest l'esclat de ma naissance,
Mon honneur, mon repos, enfin ie tiens de vous
Tout ce que mon destin a d'illustre & de doux.
Mais i'ose encor seigneur vous faire vne priere
De grace accordez moy Maxime pour beau pere.

THEODORIC.

Ie vous accorde tout, mais à condition,
Qu'ils vous accorderont leur approbation:

IVLIE.

Ah! seigneur, si Maxime ayme encor sa maistresse,
S'il me peut pardonner cette extréme foiblesse,
Que mon esprit confus a faict voir auiourd'huy,
Vous respondant pour moy ie vous respons pour luy.

MAXIME.

Vous le pouuez Madame, auec toute assurance,
L'amour que i'ay pour vous vient de ma cognoissance,
Et mon esprit qui lit dans vos intentions,
Appreuue aueuglement toutes vos actions.

THEODORIC.

Ioüyssez donc des biens que le Ciel vous enuoye,
Et croyez que mon cœur prend part à vostre ioye.

SINDERIC.

O bonté sans exemple! ô Prince genereux,

IVLIE.

Que vous estes diuin!

MAXIME.

Que nous sommes heureux!

SINDERIC.

Grands dieux que puis-ie rendre à qui me rend ma
*   mere,*
Qui ne soit au dessoubs de ce que ie doy faire!

MAXIME.

Quel hommage nouueau puis-ie faire à mon Roy,
Qui me donne vne femme & couronne ma foy?

IVLIE.

Mais quel ressentiment puis-ie faire parestre,
Qui responde aux faueurs que ie doy recognestre?
Et n'est-ce pas trop peu qu'adorer à genoux,
Vn Roy qui m'offre vn fils, & me donne vn espoux?

THEODORIC.

Ne me regardez point dedans cette occurrence,
Comme le seul autheur de vostre intelligence,
Portez vostre pensée en vn plus digne lieu,
Ce merueilleux decret est vn œuure de DIEV.

Fin du cinquiesme & dernier Acte.

Extraict du Priuilege du Roy.

PAr grace & Priuilege du Roy, donné à Paris le troiſieſme iour de May mil ſix cens quarante-vn, ſigné, Par le Roy en ſon Conſeil, LE BRVN, il eſt permis à ANTOINE DE SOMMAVILLE, Marchand Libraire à Paris, d'imprimer ou faire imprimer, vendre & diſtribuer vne piece de Theatre intitulé, *le Fils deſaduoüé, Tragi-comedie*, & ce durant le temps de cinq ans, à compter du iour que ladite Piece ſera acheuée d'imprimer, & defenſes ſont faites à tous Imprimeurs & Libraires, & autres de quelque condition qu'ils ſoient, d'en imprimer, vendre ou diſtribuer d'autre impreſſion que de celle qu'aura fait ou fait faire ledit DE SOMMAVILLE ou ſes ayans cauſe, ſur peine aux contreuenans de mil liures d'amende, & de tous ſes deſpens, dommages & intereſts; ainſi qu'il eſt plus amplement porté par leſdites Lettres, qui ſont en vertu du preſent extraict tenuës pour deüement ſignifiées.

Acheué d'imprimer le 17. Octobre 1641.

Les Exemplaires ont eſté fournis.